ヤンデレヤクザの束縛婚から
逃れられません！

目次

ヤンデレヤクザの束縛婚から
逃れられません！

プロローグ

……真っ暗な夢を見ていた気がする。

でも今の私が感じているのは暖かくて柔らかな布団の感触で、もう夢からとっくに覚めているんだろう。

薄目を開けると柔らかな光が差し込んで、朝なら仕事に行かないと、なんて思って起き上がった。

「ん……？」

私の職場は喫茶店なので朝が早い。オーナーは温厚な人だけど、時間には厳しいから遅刻は……って、ここは、どこ？

私が暮らしているのは手狭なワンルームの古いアパートのはず。十畳以上はありそうなだだっ広い和室に住んでいる覚えはない。旅館っぽいけど、それにしてはなにもなさすぎる。机も座布団もなく、ただ私が寝ている布団しかない。

物といえば床の間に置かれた渋い花瓶くらいだ。あとは壁にかかった時計。障子の向こう側が明るいので、今は昼の一時……あれ？　昼の一時？　え、完全に遅刻？　いや、でもここはどこなの!?

わけがわからず呆然と辺りを見回していると、ドタドタと足音が近付いてきて、勢いよく襖《ふすま》が開いた。

現れたのは黒色のスーツに身を包んだ男性……知らない人だ。

歳は二十代後半か三十代前半くらい。後ろに撫で付けた短めの黒髪と、どこか冷たさを感じる三白眼が印象的なその人は私と目が合うと、端正な顔に安堵の表情を浮かべた。

「目が覚めたか」

男性はそう言って私の傍に膝をつくと、私を抱きしめようとするかのように両腕を伸ばしてくる。

怖くなった私は咄嗟にその手を払い除け、身体を反らして距離をとった。

私の反応に男性は驚いたように目を見開いた。

「どうした？」

どうしたもなにも、私はこの人を知らなかった。

私の人間関係はさほど広くない。職場である喫茶店はオーナーも含めて従業員は全員女性で、男性は数少ない昔からの知り合いと大学時代から付き合っている彼氏だけ。

お客さんかと思ったけど、こんな美丈夫がお店に来たら覚えているはずだ。

しかしいくら見た目が良くても、知らない男性に突然手を伸ばされたら避けるに決まっている。

不安と緊張で心臓は早鐘を打ち、背筋が冷たくなった。

あなたは誰なのか。そう尋ねようと口を開いたけれど、掠《かす》れたような音が漏れるだけで、自分でも驚くくらいに喉が枯れていた。

「ああ、喉が乾いているのか。待っていろ。すぐに持ってこさせる」

男性がそう言って優しく微笑むと、その背後で音がした。

見ると、廊下に黒いスーツの男たちがずらりと控えて、恭《うやうや》しく頭を下げていた。

「ひっ……」

廊下に控えている男たちは、誰がどう見てもその道の人たちだった。

スーツの上からでもわかる鍛えられた肉体に、厳《いか》つい顔付き。何人かの顔には傷や火傷の痕が見える。

この人たちは誰なんだろう。そしてどうして私はこんなところにいるの？　私はただ、眠っていただけなのに。

昨日の夜は普通に……あれ？　眠る前の事をうまく思い出せない。

思い出そうとしても、見慣れない景色がぐるぐる回り出して灰色になるばかりで、頭が痛くなってきた。

「悪い、驚かせたか。調子が悪いなら寝ていい」

男が心配そうに私の顔を覗き込んでくるけど、どうしてこの人は見ず知らずの私のことをこんなに心配してくれるんだろうか。まるで愛しい恋人か奥さんが倒れたみたいに。

私の彼氏、こんなに心配してくれない気がする。

「若、水と白湯をお持ちしました」

誰かが枕元にお盆に乗ったグラスと湯呑みを置いた。グラスの方は切子だろうか。照明をキラキラ反射させて輝いている。

湯呑みの方もよくわからないけど高そう。

そして今うっかり聞き流しそうになったけど、この男の人に呼びかけるときに「若」って言いました？

薄々というかほぼほぼここがそういうお家なのは感じてたけど、本当にそうなの？　というか、あなた、「若」なんですか？

ますますわからない。どうしてそんな人が私の心配をしてるの？　なんで湯呑みを手渡したりしてくれるの？

「熱すぎたら言ってくれ。それとも水の方がいいか？」

私の手の中に収まった湯呑みは人肌よりやや温かいくらいで、中身の白湯はちょうど飲み頃といった感じだ。

喉はとても渇いていたし、見た目も匂いもおかしなところはなかったから恐る恐るひと口飲んだ。

渇いた喉をぬるいお湯がじんわり潤してくれる。

半分ほど飲んだところで、私は湯呑みをお盆に戻した。

「もういいのか？それか茶か、他のものがいいか？」

「だい、じょうぶ……です」

喉が細くなってしまったみたいにうまく声が出せない。色々聞きたいことがあるのに、絞り出したような掠《かす》れ声にしかならなかった。

「そんな声で言われてもな……喉にいい茶でも用意させるか」

男がそう言った瞬間に、誰かが立ち上がって歩き去る。状況的に、そのお茶を用意しに行ったんだろう。この場において、この男が言うことは絶対だ。

そう思わせる圧倒的な何かが、この人にはある。

いったい何者で、どうして私を心配するのか。

「あなたは、だれ、ですか」

「は?」

……その瞬間、空気が凍り付いた。

例えようもない圧迫感が肺を押す。私は何か、まずい質問をしてしまったのだろうか。

でもこの人と私は初対面だ。初対面のはずだ。

どうして、と後ろに控えている人たちの方を見ると、彼らは一様に目を逸らして、何かに怯えるように口元を真一文字に結んでいた。

何か教えてくれそうな人はいないかと首を動かそうとしたとき、両頬を挟まれて無理矢理視線を固定される。

男の瞳が見開かれ、暗い瞳が私を凝視していた。

「何の冗談だ? 梨枝子《りえこ》」

梨枝子、小山《こやま》梨枝子……私の名前だ。

私とこの人は知り合いなの? 嘘だ。だってこんな目立つ顔の人を簡単に忘れるはずがない。

店にやってきたら店員の間で丸一日話題になりそうな、そこら辺の芸能人顔負けの容姿に、圧倒的な存在感。

今はそれがより際立って、怒らせてはいけない人を怒らせてしまったと、私は泣きそうになった。

けれど知らないものは知らない。どうしてこの人が怒っているのか。どうして私はここにいるのか。

「……出てけ。全員」

低い、苛立ちを孕んだ声。

私ではなく、背後に控えている人たちに向けられた言葉なのに、背筋に冷たいものが走った。

数秒もしないうちに襖《ふすま》が閉まって、広い部屋に私と男だけが残される。

男は私の頬からゆっくり手を離すと、その場に腰を下ろして長く息を吐いた。

「梨枝子、もう一度聞く。何の冗談だ？」

「冗談じゃ、なくて……本当にわからない、んです」

我ながら消え入りそうな声だ。自分の喉の太さがストローくらいしかないんじゃないかってくらい声が出ない。

「どうして、私の名前を知っているんですか」

「知っていて当然だろ。本当に何も覚えていないのか？」

何も覚えていないのとは違う気がする。

自分の名前も働いている場所も友人の顔も思い出せる。この人の事だけがわからない。

私は少し首を横に振った。

直後に男の纏《まと》う雰囲気が変わった。

「俺のことだけわからない……そういうことか？」

男は私の左手首を掴《つか》んだ。そして見せつけるように私の目の前に左手をもってくる。

……薬指に細身のダイヤの指輪がはめられていた。そして私の手首を掴《つか》んでいる男の指にも、白銀に煌めく指輪が見える。

つまり、私とこの人は知り合いどころか、婚約もしくは結婚してるってこと⁉　いやいや、どうして私が（おそらく）ヤクザ屋さんの偉い人と？　結婚？　というか私、彼氏いるはずだよね。関係については理解してしまったけど、なんで？　どうして⁉

男は私の反応を伺っていたけれど、私が口をぽかんと開けたまま固まったのを見てため息をついた。

「……本当に何も覚えていないのか」

怖がらせて悪かった。男はそう言って手を離す。

「上条《かみじょう》志弦《しづる》だ。聞き覚えもないか？」

「すみません。わからない、です……」

上条さん……全く聞き覚えがない。知り合いにもそんな苗字の人はいないはずだ。

「記憶喪失、か。まああんな事があった後だからな……一時的なモンかもしれねぇし、しばらく様子見か」

渋々といった様子で上条さんは引き下がった。

「す、すみません」

「謝るな。梨枝子は悪くねぇ」

そう言って上条さんは先ほどまでの冷たく重い雰囲気を振り払って、私を落ち着かせるように微笑んだ。

私は思わず左手首をさする。強く握られたせいか手首に残る熱が、今もなお尋常でない状況に置かれている事を訴えていた。

「あ、あの……」

「どうした？」

聞きたい事が多すぎる。

私と上条さんの関係、どうして記憶喪失になんてなってしまったのか、ここはどこなのか、上条さんは何者なのか。

上条さんは静かに私を見つめている。

「目が覚めたばっかで混乱してるんだろ。また夕方にでも顔出すから、そん時にまたゆっくり話すか」

そう言って上条さんは立ち上がると、私の頭を二、三度優しく撫でて部屋を出て行った。

広い部屋にひとり残された私はただただ呆然と閉ざされた襖《ふすま》を眺めていることしかできない。

私はばたりと布団に倒れた。左手を上げて、指輪に触れる。

……あの人と、結婚？

硬く冷たい金属の質感が、これは夢じゃないと言っている。

でも、夢と言われる方がまだ現実的だ。

私はただ、普通の喫茶店で働く普通の生活を送っていたはずだ。上条さんじゃない彼氏もいて、それなりに平和に平凡に生きていた。

上条さんみたいな人と知り合いになる余地なんてない。しかも結婚なんて、そもそも考えてもいなかったのに。

そうだ彼氏……雄吾《ゆうご》に連絡してみよう。

雄吾は大学の後輩で、私の卒業前からだからもうすぐ付き合って二年になる、はずだった。

今の状態だと何かあって別れたのかもしれないけど、少なくとも何があったのか知ってるはずだ。

……と思い至ったものの、スマホが見当たらない。

枕元や畳の上にはそれらしいものがなかった。

どこかにしまっているのだろうか。とりあえず床の間の横の戸を開けてみる。中は空っぽだった。

別の場所を開けてみても、布団が高く積まれていたり、座布団が入っていたり、私の私物がどこにもない。

この部屋にはないのだろうか。そう思って恐る恐る上条さんが出て行った襖《ふすま》を開ける。

「ひっ」

思わず声が出て、そのまますぐ襖《ふすま》を閉める。

開けてすぐのところに、怖くて厳《いか》ついお兄さんが立っていた。それも複数人。見張り、というやつだろうか……上条さん、「若」とか言われてたし、かなり上の立場の人なんだろうけど、なんでまた私なんかを……

「失礼します」

あたふたしていたら外から声をかけられた。

あまりにびっくりして「ふぁい?」なんて上擦った声で返事をしてしまい、穴があったら入りたい。

「……何か御用ですか」

「えーっと、私のスマホ、どこにしまってるのかご存知ありませんか?」

「お隣の部屋が姐さんのお部屋ですが、そちらになければ存じ上げません。何か調べ物ですか?」

あ、隣の部屋も私の部屋なのか。あとで探してみよう。

「ちょっと連絡を取りたい人が」

「どなたでしょうか?」

「それは……」

元(?)彼氏の雄吾です。なんて言ったら仮にこの人が持っていたとしても、絶対渡してもらえない気がする。

どう答えたものかと悩んでいると、カリカリと引っ掻くような音がして、私はそちらを見た。

私の部屋だという部屋の逆側の襖《ふすま》の向こうに何かいるようだった。

「すみません、ちょっと失礼します」

鍵がかかるわけでもないので開けようと思えば普通に開くはずだし、少し下の方から聞こえるから野良猫でも迷い込んだんだろうか。

開けてみると、何やら黒い塊が突進してきた。勢い余って部屋の真ん中でターンすると、私の方に向かってくる。

黒い犬だった。

懐かれているのか、前脚を私の太腿の上あたりに押し付けて立っている犬は、目を輝かせて尻尾を振っている。

……なに、この可愛い子。

大きさは柴犬をひと回り大きくしたくらい。顔付きと体を見るに日本犬……甲斐犬《かいけん》っぽいけど、それにしては毛足が少し長い気がする。洋犬が混じっているんだろうか。

子どもの頃実家で飼っていたコリーを思い出す。

まあ、犬種が何にせよ可愛いことに変わりはない。

どうやら懐いてくれているようなので、首の下辺りを触らせてもらう。

柔らかい。もふもふ。毛艶もいいし、首輪もしてるから飼い犬なのは間違いなさそう。それにこの子を撫でているとなぜか安心する。組の誰か、もしくは上条さんの飼い犬だろうか。

「だ、大丈夫ですか？」

外の人が心配そうに声をかけてくる。

「あの、黒い犬が……」

「コウさんがそちらに？　確かに散歩の時間ではありますが」

この子はコウって名前なのか。男の子だからコウくん……なんとなく馴染みがある気がする。にしてもヤクザさんにさん付けされてるのか、犬《きみ》。ということは、上条さんの飼い犬？

「この子……コウさんの飼い主は上条さんですか？」

「……え？　そうですが、姐さんも散歩行かれたりしてましたよね」

なんでそんなことを聞くのかと言いたげな声音だった。どうやら私もこの子を可愛がっていたらしい。

まあこれだけ可愛い子、近くにいたら絶対可愛がるけども。

コウくんは何かを期待する目で私を見上げてきた。

「ああ、いた。すみません姐さん。散歩用のリードに変えようとしたら急に走ってそちらに……」

コウくんがやってきた方からリードを手にした別の上条さんの部下らしき人がやってくる。

「このところ姐さんと離れていたので、会いたかったのかと……散歩は自分が行きますから、姐さんは休んでいてください」

「ええ、まあ、この状況で散歩には行けないですね……」

散歩の時間だというから、散歩をせがまれているんだろう。二つ返事でＯＫしたいところだけど、散歩ルートどころかこの辺りの道知らないし、あの上条さんの愛犬を私が散歩させていいんだろうか。

くる。

「ごめんね、行けないんだ……」

頭を撫でながらそう言うと、コウくんは前脚を下ろしてお座りの姿勢をとり、寂しげに見上げてくる。

うっ……罪悪感。

そうしている間にコウくんはリードをつけられていた。

「姐さんはお疲れだから、な？」

そう声をかけられてリードに繋がれたからか、コウくんは諦めたように立ち上がる。

若干の抵抗を見せながらも、上条さんの部下に引っ張られたコウくんは散歩に出かけていった。

その後ろ姿を見送りつつ、突然の犬の登場で停止していた脳を復帰させる。

何の話だったっけ？　えっと、そうだ、連絡相手。

「ええっと、連絡を取りたい相手ですよね」

「はい」

私は上手く回らない頭をなんとか動かして職場のオーナーに、と嘘をつく。

「お仕事は辞められたと伺っていますが……」

「辞めた？」

喫茶店を？　辞めた？　え、どうして？　覚えはないけど結婚するから？

「ええ、三ヶ月ほど前に」

「さ、三ヶ月……？」

そんなに前に辞めたの？　だって私の中ではまだ仕事は続けてるし、辞めるもなにも最後に仕事に行ってから三ヶ月も経ってるはずがない。

「あの、今は何月何日ですか」

こんな時間旅行者のテンプレみたいな台詞を本気で言う日が来るとは思わなかった。

そして襖《ふすま》の向こうの人が教えてくれた日付けを聞いた私は言葉を失った。私が覚えている日付けより少し前だったから。

「えっと……少し前に丸々食品の工場が火事になりませんでしたか？」

何か日付けに確証が持てる情報はないかと、ぼろぼろの記憶を辿ってすぐに思い浮かんだのはそんなニュースだった。

ここの会社のチョコが好きでたまに買っていて、体感的には一週間前くらいのニュースだ。

「それは去年の今頃ですよ」

その言葉を聞いて、驚きのあまり私はその場に膝を付いた。

一年前……私の記憶はそこで止まっている。

「大丈夫ですか、姐さん？　去年のニュースがどうかしたんですか？」

外の人が何か話しかけてくるけど、内容がまともに頭に入ってこなかった。

たった一年。でもその間に何があったら雄吾と別れて上条さんと出会って結婚することになるんだろうか。思い出そうとしても、記憶の中の私は普通の日常を過ごしていただけで、上条さんと出会った覚えも雄吾と別れた覚えも、コウくんのお世話をした覚えもない。

無理矢理思い出そうとするけれど、蘇《よみがえ》るのは暗闇ばかりで、あとはズキリと頭が痛むだけだった。

「すいません。ありがとうございました……」

私はなんとかお礼の言葉を絞り出して、その場でずっと頭を抱えていた。

◆

やがて日も暮れてきて、障子紙を通して差し込む光が橙《だいだい》色を帯びてくる。

夕方に顔を出すという言葉のとおり、十八時を回った頃に上条さんはやってきた。

「中畑《なかはた》から聞いた。ここ一年の記憶がないのか？」

布団の上で膝を抱えている私の横に座った上条さんは優しく背中を撫でてくれる。

私はゆっくり頷いた。

「一年前ならまだ会ってねぇな。まあ、少しずつ思い出すだろ」

……やっぱり、一年前にはまだ上条さんに会っていないんだ。

でも、むしろたった一年で何があったらこの人と結ばれる事になるんだろうか。

「私と上条さんは、どうやって知り合ったんですか」

「上条さんじゃなくて下の名前で呼べって、あんだけ教え……言ったんだが」

上条さんは不満げに鼻を鳴らしながらも、丸々忘れたなら仕方ないのかと独り言のようにこぼした。

「会ったのは北の繁華街だ。面倒な客引きに捕まってたから助けた」

北の繁華街、あのホストクラブやらキャバクラやなんかが立ち並ぶところかな。一年前の私はなんでまたそんなところに行ったんだろうか。

「正直梨枝子のこの話は忘れたいんだがな……そん時付き合ってた男に二股されて、自棄になって来たとか言ってたな」

「ふ、二股？　雄吾が？」

その瞬間、肩に回されていた上条さんの手に力が入る。よっぽどこの話をしたくないらしい。

私としては推理ものを読もうとしたら、一ページ目に犯人と動機とトリックが書かれていたような衝撃で、しかもそれは自分の事だから詳細が気になるけど……あまり聞かない方が良さそうだった。そのうち思い出すんだろうか。でも、今のを聞いても小説を読んでるみたいで実感が湧かない。

「思い出させない方がいい気がしてきたな。もう俺と結婚して終わりでいいだろ」

「それはさすがに、急すぎると言いますか……準備も何もできません」

「なにもする必要はない。俺のモンになってくれさえすれば」

上条さんは当然のように言い放った。

このままでは本当にこの人と結婚することになってしまう気がして、私は話題を変えた。

「いったい、私に何があったんですか？　頭を打ったとか、事故にでも遭ったんでしょうか？」

「……無理に思い出す事じゃない。忘れたいから、忘れたんだろ」

上条さんの瞳が細く窄められる。

冷たい氷のような視線に、この人は裏の社会の人なんだと、改めて実感した。

「目が覚めた時、俺のことを忘れたなんて言うから驚いて責めるような言い方になったが、記憶喪失になるくらい、嫌な思いしたんだろ。忘れたままでもいい。その程度で俺の気持ちは変わらねぇ。コウも相変わらず梨枝子には懐いてるしな」

「で、でも、何も覚えていないのにけっ、結婚なんて……」

そもそも上条さんの事も全くわからない。ヤクザの偉い人、そんなとんでもない情報しかないのに。

「まあ今は疲れてるだろうしゆっくり休め。梨枝子、海老好きだろ。いい牡丹海老を仕入れさせたから、後で一緒に食べるか」

私は何も覚えていないのに、上条さんは優しい。どうしてここまで気に入られてしまったのか。

一年前に戻った平凡な私にはさっぱりわからなかった。

第一章

……あ、もうこんな時間か。

最近の出来事を知らないのは困るだろうし、何より退屈だろうという事で、山積みの新聞と上条さんが貸してくれたパソコンでここ一年間のニュースや流行り廃りを眺めていたら、結構遅い時間になってしまった。なんなら日付が変わっている。

政府の偉い人の汚職、外国の選挙結果、芸能人の結婚、近くに動物園がオープンしていたことと か、一年もあれば色々な出来事が起こるらしい。

つい夢中になってずっと同じ姿勢でパソコンの画面を眺めていたからか肩の辺りが凝ってしまったので、私は立ち上がって大きく伸びをした。目も疲れてきたし、そろそろ寝ようかな。

電気を消そうと照明のスイッチを探す。右手の壁にあったので、それを押して部屋を真っ暗にした時だった。

急に背筋が冷たくなって、心臓がドンッと飛び上がるように脈打った。

心臓がおかしくなってしまったからなのか、呼吸まで浅くなって指先も細かく震え始める。

どうして、怖い。狭い、怖い、助けて、怖い、怖い、暗い……

喉元に何かが込み上げてくる。

これはまずい、そう感じた私は咄嗟に照明のスイッチを拳で叩いた。

数回の点滅の後、柔らかな光が部屋を包む。

深呼吸を何度か繰り返すと、少しずつ動悸《どうき》は治まっていった。

私はよろよろと布団の上に倒れ込む。

そのまましばらく照明を見上げて、まだ僅《わず》かに先程の余韻《よいん》を残す心音を聞いていた。

いったい、なんだったんだろう。

先ほどの私は明らかにおかしかった。あの感覚を思い出すだけでも冷たいナイフを首筋に押し当てられたようにゾクリとする。

電気を消したからだろうか。というよりは、電気を消して真っ暗になったから、暗闇が怖い……から？

どうしてだろう。私は普段から寝る時は常夜灯《じょうやとう》も付けずに真っ暗にして寝ている。子供の頃からそうだ。むしろ寝る時は真っ暗じゃないと眠れないくらいなのに。

消えてしまった記憶と何か関係があるのだろうか。

だとしたら……

私はゆっくりと立ち上がってスイッチの前に立った。

指先でスイッチに触れる。既に心臓は弾けそうなほど激しく脈打って、体の全細胞が止めろと言っている。でも、それじゃきっとなにも解決しない。

私はスイッチから目を逸らしつつ指先に力を込めた。パチッと音がして、視界が暗転する。

全身の毛穴が一気に開いたような感覚。冷たい稲妻が脳を撃った。

耐えきれずに私は再びスイッチを押した。

真っ暗だったのはほんの数秒のことだったと思う。それなのに冷や汗が頬を伝って、心臓が痛いほどに脈打っている。

私は大きく息を吐いて布団の上に座り込んだ。

まだ鳥肌が残っている。けど今ので確信した。私は暗闇が怖いんだ。

理由はさっぱりわからない。とにかく、怖い。

雷の音を聞いてなんとなく不安な気分になるのとは全然違う。とにかく怖い。身の毛がよだつ不安に全身が支配されて、無力になる。

目を閉じたときの暗闇すら恐ろしくて、私はただ自分の腕を撫でていることしかできなかった。

◆

どれくらいそうしていただろう。

心臓の音は徐々に落ち着いて、静かな部屋に時計の秒針が動く音だけが響いている。

何もしていないけれど身体は重く疲れていて、眠ってしまう事ができれば楽なのに、瞼《まぶた》の裏側にある暗闇がそれを阻んでいた。

「なんだ、まだ起きてたのか」

そのどこか嬉しそうな声に、私は畳の縁から顔を上げる。

けれどその声は私の顔を見てすぐに、不安げなものに変わった。

「梨枝子？　どうした。顔、真っ青で震えてるぞ。寒いんだったら布団入れ」

上条さんは慌てた様子で早く布団に入るよう勧める。寒い、というのは事実なので、私はもぞもぞと布団に包まった。

「温かいもんでも飲むか？　湯たんぽとかいるんなら用意させるが」

「大丈夫、です」

「どこが大丈夫だ。医者呼ぶか」

「お、お医者さん呼ぶほどじゃ……」

「なんかあってからじゃ遅いだろ」

お腹が痛いとかそういうものだったらお医者さんでいいだろうけど、これはお医者さんを呼べばどうにかなるものじゃない。

「ちょっと眠れなくて。ニュースとか一気に見過ぎたんですよ」

「ならいいが、無理するなよ」

「はい。すみません……」

心配をかけてしまった。上条さんはこんな時間なのにまだスーツだから、きっと忙しいんだろう。

一晩くらい寝なくてもなんとかなるし、なんなら眠くなれば自然に眠れるかもしれない。

「目が冴えちゃってるだけです、たぶん」

気を張りすぎているのかもしれない。暗いっていうちょっとした不安に、過剰に身体が反応しているのかも。

上条さんはゆっくり息を吐いた。

「寝るなら電気消すか？」

「……っ、ダメっ！」

思わず叫んでしまった。上条さんはぎょっとした顔で私を見る。

「ど、どうした？」

私はハッと我に返って慌てて謝った。

「す、すみません。暗いとその……不安みたいで、明るいままで寝ますから」

「寝る時は全部消してただろ？　その方がよく寝れるからって」

「それは……寝る時は真っ暗の方が落ち着く、はずなんですけど……今は疲れてる？ので……」

どうしたものか。常夜灯《じょうやとう》なら大丈夫かな……？　いや、ダメだ。暗くなると考えるだけで身体が強張って、心臓だけが激しく動く。

上条さんは固く布団を握る私の手に自身の手を重ねた。手の甲に触れる冷たい体温が心地良い。

「暗いのが怖いのか？」

「まだ寝る気分じゃないというか、もう少し新聞読もうか、な。なんて……」

暗い色の瞳が真っ直ぐ私を見ている。

この人に、会ったばかりの上条さんに今以上に余計な心配をかけたくない。

そう思ってなんとか誤魔化そうとしたけれど、あっさりと見抜かれて観念した私は短く頷いた。

「ちょっと不安で。でも、真っ暗じゃないと絶対寝れないってわけじゃないです。お昼寝したりもしますし。横になっていれば自然と眠くなりますよ。大丈夫です」

学生時代にカラオケでオールなんてした翌朝なんて、自宅に帰って横になれば下がたとえ床でも、そのまま夕方まで寝たりしてた。

だから限界を迎えたら勝手に眠くなって、寝る。はず。

「こんな状態で大丈夫なんて言われても、俺がよくねぇよ。とりあえず飲むもの持ってこさせるから、それ飲んで落ち着け」

子どもをあやすように上条さんは私の頭を撫でる。

「その間に風呂行っとくか。なるべくすぐ戻って……梨枝子、どうした？」

不思議そうに上条さんが私を見下ろす。

私は立ち上がろうとして離れた上条さんの手を掴《つか》んで引き留めていた。なぜこんなことをしているのか、不安だからなのか、寂しいからなのか、自分でもわからない。

「梨枝子……」

上条さんは逡巡《しゅんじゅん》するような表情を見せた。けれどそれはほんの数秒の間で、気づけば私の背は敷き布団に縫い留められて、すぐ目の前にモデルのように整った上条さんの顔があった。

「こんな状態だから我慢しねぇとと思ってたが……無理そうだ」

そう囁く掠《かす》れた声が、耳元にかかった髪を揺らす。

私がその言葉の意味を理解できないでいる間に、上条さんは私の上に覆い被さった。

「ふっ……んっ！」

息ができない。唇を塞がれたからだと気付いても、両手を押さえ付けられていて抵抗できなかった。

唇の間から差し込まれた柔らかな舌が、上顎、奥歯、犬歯、舌の裏側……触れられる部分全てを蹂躙《じゅうりん》する。

重ねられた唇では呼吸もままならなくて、時折唇を離されるたびに息を吸うけど、私が呼吸するとすぐにまた塞がれてしまう。

それを何度も繰り返される。

ようやく解放された時には唇がじんじん痺れて息も上がっていた。

「いい顔だ、梨枝子」

酸素が足りていないクラクラする頭は私の視界も霞ませる。

「久々に見るな、梨枝子のその顔。初めて抱いた時を思い出す」

「え、私……」

彼氏の雄吾とすらまだそこまで至ってないのに？　まあ、結婚前提の男女交際ならそういうことはするかもしれないけど……え⁉　この人と、しちゃったの？

「これじゃ足りねぇか。いや、足りねぇな。俺も」

混乱のあまり焦点の合わない目で見上げると、上条さんは慣れた手付きでネクタイを緩めてスーツの1番上のボタンを外した。

「忘れたなら何回でも一から教える。安心しろ、梨枝子のコトは全部知ってるからな」

そう言って艶っぽく微笑んだ上条さんは片手で私の両腕を押さえ付けると、空いた手でスルリとネクタイを外す。そして贈り物にリボンをつけるような気軽さで、それを私の両手首に巻き付けた。

「念のため最初はこうしとくか。あんまり動くと危ないだろ？」

拘束されたんだと脳が理解したときにはもう遅かった。

上条さんは安心させるように優しく啄むような口付けを落としながら、浴衣の間から胸元に手を這わせる。

「まって……そんなとこ、触っちゃ……！」

胸の膨らみを確かめているのか、上条さんの手が柔く私の胸を掴《つか》んでは離すを繰り返す。

「大丈夫だ。痛いことはしねぇよ」

上条さんは諭すように耳元で囁く。そのまま生温かく柔らかいものが耳に触れた。

それが離れると、そこが空気に触れてヒヤリと冷える。温かい感触と冷えとが交互に繰り返されて、私はわけも分からず溢れそうになる悲鳴を押し殺していた。

「……っ！」

「相変わらず耳が弱いな」

舌をちらりと出しながら上条さんは揶揄うように言った。

「まあ、梨枝子は全部弱いけどな。いや、弱くなったのか」

喉の奥で短く笑った上条さんは、呆然と虚空《こくう》を眺めている私の浴衣の合わせをこじ開けて、次は下着の間から直接肌に触れた。

冷たい指先が沈み込んで、胸が形を変える。

指と指の間に頂を挟み込み、小さく円を描くように動かされるたびに、内側から心を揺さぶる何かが迫り上がってきた。

「やっ……！　まって……」

上条さんの手を払い除けようにも、両手は頭の上で拘束されていてびくともしない。

加えて胴体も上条さんの身体で押さえ付けられていて、身体を起こすこともできなかった。

「逃がさねぇよ」

硬いものが下腹部に押しつけられる。ズボン越しでもわかる膨らみは、今にもはち切れそうだった。

背筋に冷たいものが走る。

「安心しろ。いきなりはしねぇ」

そう言って上条さんは身を起こす。猛烈に嫌な予感がした。

上条さんは逃げようと身を捩った私の脚を掴《つか》んで広げさせると、その間に腰を下ろした。

「浴衣はちゃんと着ろ。すぐ崩れるだろ」

その言葉通り、私の身を包んでいたはずの浴衣はただの布と化して、帯だけがお腹の辺りに乗っていた。

これからどういうことが行われるのかを知らしめるように、上条さんは膨らみをショーツに越しに擦り付ける。

「やあっ！　かみ、じょうさんっ……！　だめっ！」

ごつごつした感触があまりにも衝撃的すぎて、私は抵抗できないままただ感じていることしかできなかった。

その間にも、その膨らみは膨張して存在を増していく。

「痛いことはしねぇよ」

「だ、だって、恥ずかしいし、わからないから……」

「そうか？　身体はわかってるみてぇだけどな」

そう言って上条さんは胸の頂に手を伸ばす。固くなったそれを指先で弄び、口に含んだ。

乾いた唇がその周りの皮膚を刺激する。

「んんっ……！」

「声、抑える必要はねぇぞ。俺は梨枝子が感じる声が聞きたい」

上条さんはショーツの上から指の関節で秘所をなぞった。

そのままスルリと内側に入り込んだ指先が花芯を突く。

触れられた瞬間、電撃が下腹部から脳に走って、私の口から甘く湿った声が漏れる。

「やっぱ梨枝子の声はいいな」

上条さんはビクリと跳ねる身体を押さえつけて恍惚《こうこつ》とした笑みを浮かべ、花芯を弾いた。

「んっ……」

一瞬、視界の端に星が飛んだ。唇を閉ざしてなんとか堪《こら》えたけど、何度も攻められて意識が遠のくたびに、どんどん緩んでいく。

「そうして意地張ってる梨枝子も悪くねぇが、快楽に身を任せた方が早く楽になるぞ？」

「これ以上は、おかしくなっちゃうから……んあっ！」

「おかしくなる？　いいな、それ。そのまま堕ちて眠れ、梨枝子」

頭の中で「ぐちゃり」と、なんとも卑猥な音が響いた。

上条さんの指が私の内側に入り込んで、壁を撫でている。

指の先が自分でも触れたことがない奥深くを突いて、その瞬間に私の中で何かが弾けた。

「んんっ！　ひゃうっ！」

なんの意味もないただの音が次々に口から漏れていく。上条さんは何かを確かめるように指先でぐるりと内側に円を描き、やがてなんの前触れもなしに沈める指を二本に増やした。

「ンあっ……！」

入り口を広げるように二本の指の間を開け、さらにもう一本をその二本の上に重ねるように滑り込ませる。

「もう十分だろ。まあ、指の前から十分すぎるくらい濡れてたけどな」

上条さんは抜きさった指先にまとわりついた蜜が糸を引く様を眺め、意地悪く微笑んだ。

そんな表情を、色っぽいなんて思ってしまった私の頭は、もうだめなのかもしれない。

ヤクザにこんな風に抱かれる日が来るなんて、誰が想像するだろうか。あまりにも非日常的で扇情的なその光景に、私は見惚れてしまう。

「こんな短い時間で、随分といい顔するようになったな。何か思い出したか？」

嬉しそうな上条さんの声でさえ、私のお腹の底を震わせる。

そんな中、カチャリという金属音が私を現実に呼び戻した。

上条さんが正面をくつろげて、その欲望を露わにした。

そそり立つ大きな赤黒いものは、本当に人間の身体の一部なのかと疑いたくなる。

あれが今から……？　指が入ったからって、あんなものが入るとは到底思えない。いや、入るわけない。

その結論を出した時には、もう遅かった。

「欲しかっただろ？」

上条さんはそう言って入り口に先端を押し当てる。そのまま軽く挿し込まれた瞬間、入り口が広がるのがわかった。

「ひっ……」

熱く硬いものが内側に入ってくる。

内壁と擦れるたびに私の身体は電気に打たれた魚みたいに跳ねて、湿った声が明るい和室に響いた。

上条さんは小刻みに腰を揺すりながら私の脚を引いて、奥へ奥へと自身のものを沈めていく。

「あっ！　んん！　だめ、ぬいて……」

私と上条さんの間はまだ離れている。それだけ上条さんのものにはまだ余裕があるということだ。

一方で私の身体はもう限界だった。これ以上続けられたら、パンっと風船みたいに弾けてしまう。

そんな気がした。

「怖がらなくても、これまでずっとできてたから大丈夫だ。力み過ぎだろ」

上条さんは自身のもので押し広げて露わにした花芯を爪先で軽く掻いた。

短い悲鳴が漏れた直後、再び高く甘い嬌声《きょうせい》が響く。

「な？　ちゃんとできるだろ」

私の内側に、上条さんのものが収まっていた。

けれどそれは例えるなら、子供用の靴下に大人が足を入れたようなものだ。すぐに破けてしまう。

「わ、わかりましたから、抜いて……」

抑えきれない熱が、私自身の内側からも溢れて止まらない。

首を小さく横に振って私は懇願する。これ以上は、壊れてしまう。

身を捩って逃れようとしたけれど、両手の自由は奪われている上、両脚も上条さんに掴《つか》まれているせいで、ほんの僅《わず》かに後退することすら叶わない。

「思い出せ、なくて、ごめんなさい。謝りますからっ……！」

そう言った瞬間、上条さんはずるりと自身のものを引き抜いた。解放されるのか、そう思ったのも束の間、すぐにまた奥へと、次は一気に押し込まれる。

私は声にならない悲鳴をあげた。

「言ったろ、梨枝子は何も悪くない。忘れても何回でも一から教えてやる」

上条さんは私の下腹部を優しく撫でた。

その真下に、この人のものがある。それを克明に感じさせる仕草だった。

「忘れるんならその度に何回でも刻み込めばいい。まずは簡単に、自分は誰のモノなのか言ってみろ」

上条さんは私の中に押し込んだもの、その存在を知らしめるかのように腰を揺らして奥へと挿し込んだ。

「記憶失くす前はちゃんと言えてただろ？　梨枝子」

「……わか、らない。なにも……んっ!!」

「わからないわけねぇだろ。本当になんも感じねぇか？　足りねぇならもっと激しくするが？」

「こ、これ以上は……ンンッ！」

私の言葉を遮ろうとするように上条さんは腰を揺すった。

内側で擦れ合うたびに脳が痺れて、肌と肌がぶつかるたびに蜜が溢れる。どんどん粘度が増して卑猥になる音が耳を犯した。

この音を、私は知っている。

『おかしくなれ、梨枝子』

同時に響く低い声は、どこから聞こえてくるのだろう。

「あっ！　いやっ！　もう、もうやめて、志弦さん！」

わけも分からず私は叫んだ。すると、上条さんはぴたりと動きを止める。

「ど……どう、したんですか？」

「いや……存外、身体は覚えてるもんだな」

覚えてる……？　こんな、強烈な感覚を？

荒く息を吐きながら上条さんを見上げた。上条さんも僅《わず》かに息が上がっているのか、ゆっくり肩を上下させている。

「上条さんとこんな、ことしてたら、忘れ……んんっ！」

忘れるわけがない、私がそう言い切る前に、上条さんは抱えていた私の両脚を力任せに引いて、自身のものをさらに深く沈めさせた。

奥に触れたそれは、内側をこじ開けてようやく止まる。

あまりの衝撃に、私の頭はしばらく真っ白に染まった。

その間、私の口からは高く甘い音が切れ切れに漏れ続けて、痺れるような疼《うず》きが身体中を駆け巡る。

「ひっ……あっ、ああっ……！」

「もう忘れるなよ、梨枝子」

ヒクヒクと痙攣している身体を見下ろして、上条さんは満足気に微笑んだ。

◆

あの後、私は何度貫かれただろうか。

数えるのはとっくに億劫になったというのに、上条さんはまだ攻める手を緩めてくれない。

すっかりぐずぐずになった私の腰を引き上げて、背後からの抽送《ちゅうそう》を繰り返される。

「あっ！　んんっ！」

喉は枯れて、掠《かす》れた嬌声《きょうせい》が漏れる。

それとは裏腹に、互いの体液で潤った秘所は水音を立て続けた。

「……ッ！」

やがて上条さんの身体が震えて、私の腰を支えていた力がなくなった。

そして内側を支配していたものがずるりと抜けて、私の身体は嵐の後のように波打ったシーツの海に倒れ込んだ。

荒れた呼吸がおさまらない。身体に刻み付けられた熱がジリジリと肌を焼くように燻っている。

上条さんは片腕で上半身を支えるように布団の上に座って、私を見下ろしていた。

「……決めた、梨枝子。俺は今日から毎日、お前を抱く」

「へ？」

幻聴、だろうか。幻聴だと思いたい。

けれど上条さんは不敵な笑みを浮かべて、さらに口を開く。

「大丈夫だ。無理な日は言えば無理強いはしねぇ。ちゃんと配慮もする」

……いや、気にしてるのはそういうことではなくて。いや、気にはするけど、今はそれじゃない。

「どうして、毎日も、されたら私……」

こんなことを毎日されたら壊れてしまう。肉体的に……もそうだけど、精神的にも。

この行為が私にもたらしたのは、ひとりの人間の許容量を超えた快楽だ。甘い物は美味しいけど、甘すぎるものはかえって苦痛になる。甘いことしかわからなくなってしまう。

「いや、です。何も、わからなくなっちゃう……」

「いいんだよ。それで。トラウマもひっくるめて全部忘れて、俺のモンになれ、梨枝子」

上条さんはうつ伏せになった私の身体の上に覆い被さると、首筋に歯を立てた。

皮膚に食い込んだ痛みは僅《わず》かなものだったけど、上条さんは執拗に甘噛みを繰り返す。それは首筋だけには留まらず、首筋から肩、腕、そして耳。見えないけれど噛まれた場所は熱を帯び、その度に上条さんに支配されていく気がした。

◆

目を覚ましたとき、外はすっかり明るくて、壁の時計は十時を回っていた。

上条さんは上半身をひと通り噛み終えてから部屋を出ていき、襖《ふすま》が閉じた音を最後に、私は意識を失うようにして眠りに落ちた。暗いのが怖いとか思う余裕すらなく、身体が限界だったんだろう。

というか身体についてはまだ限界だ。

脚の付け根、肩、首と、身体の節々が痛くて起き上がることすらままならない。加えて喉がカラカラで、息を吸った瞬間に咳き込んだものだから、その振動と息苦しさで余計に起きづらい。

なんとか起き上がって布団を捲《めく》ると、そこには昨夜の行為の痕がまざまざと残っていた。

塩が浮いているように白っぽく乾いた肌、噛み痕、乱れて湿ったシーツ。そして、上半身を起こした拍子に脚の間から溢れた液体。

全身にまとわり付いた昨夜の行為の余韻《よいん》が、これが現実だと主張してくる。けれど今はとにかくあれは夢だったんだと思いたい。

とりあえず隠そう。何か着るもの……と辺りを見回しても何もない。昨夜着ていた浴衣は乱れたシーツとほとんど一体化していて、とても着れる状態になかった。

「うっ……」

私は這うようにして布団から抜け出し、手近な襖《ふすま》を開けた。布団が積まれた上に、綺麗に折り畳まれたシーツが置かれている。

本来の使い方じゃないけど贅沢は言っていられないので、私はそれを身体に巻き付けてそろそろと廊下に出る障子の前に移動する。

とりあえずお風呂場を借りて身体を洗おう。確かこの部屋から出て二回くらい廊下を曲がれば、突き当たりにお風呂場があったはず。問題は途中でこの状態を誰かに見られてしまわないかということとで……

「姐さん」

「ひえっ！」

私は咄嗟に障子から手を離して一歩後ろに下がった。

まさか廊下に人がいたとは。え、なんで？　私に何か御用で？　いや、というかそこにいられたら私出られないので、一時的にでもいいのでこの場を離れていただけませんか。

そうお願いしたいのに、急な動きに身体が付いていかず、一歩下がったところで私はしばらく呻《うめ》いていた。

「あの……」

「はい」

私が呻《うめ》いている間も、廊下の人はじっと待っていた。何か用事だろうか。急用でなければ先にお風呂に行きたいのですが。

「何か、御用ですか……？」

「ご入浴の準備はできておりますので、今から向かわれるのでしたら人払いをしますが」

え、怖い。いや、これ上条さんの配慮か。でも、私が起きてすぐお風呂行きたいのを、この人が知ってるのは……あ、そういえばここ、和室。私のカッスカスの声でもこうして普通に会話ができてしまうのは、隔てているものが障子で和紙一枚だから……

つまり、昨夜のあれこれ、廊下にダダ漏れ？

「あああぁ……」

恥ずかしい。このまま溶けて消えてしまいたい。

結構遅い時間だったし、みんな寝てる……わけないか。というか私がうるさかったりしました⁉

二重三重の意味で居た堪《たま》れない。

「……体調が悪いようでしたら若をお呼びしますが」

「や、やめてくださいっ！」

ここで上条さんを呼ばれたら私、どんな顔すればいいの？　というかこうなってるの上条さんのせいだよね？　上条さんがあんなことするから……って、思い出したら滅茶苦茶恥ずかしくなってきた。

「お風呂、行きますから、人払いを……お願いします……」

「承知しました」

私の表情筋と情緒はさっきからゴロンゴロン二転三転しているのに、廊下の人は始終落ち着いていて、私だけ動揺しまくってるみたいで余計に恥ずかしい。

三分ほど待ってほしいと言われたので大人しく待っていると、廊下から人の気配が消えた。

恐る恐る障子を開けて、できるだけ足音を立てないようゆっくり進む。人払いをするという言葉を信じていないわけじゃないけど、廊下を曲がる前には誰もいないことを確認してこそこそ移動した。

結果、誰にも会うことなく脱衣所に到着した。ありがとう、名も知らぬ廊下の人。

だから脱衣所に新品の下着と浴衣が置いてあるのはなぜか、詮索はしないでおく。

体に巻きつけていたシーツを畳んで、私はお風呂場の戸を開けた。

うん、豪華。

昨日の夜も借りたけど、洗い場はふたつあって広いし、浴槽はいい香りのする檜《ひのき》で、大きさも少し大きめのベッドくらいある。ちょっとした宿みたいだ。

全身をくまなく洗って湯船に入る。少し熱めのお湯が心地良い。

檜《ひのき》の柔らかな香りに包まれながら、私はしばらくぼんやりと上の窓から差し込む光を眺めていた。

これから私はどうなってしまうのだろうか。本当にこのまま上条さんと結婚なんてしてしまっていいのだろうか。

この立派な浴槽もヤクザの嫁も上条さんの想いも、私なんかが享受《きょうじゅ》していいものじゃない。

私は自分の頭を叩く。

けど、痛いだけで何も思い出せない。

上条さんは全部忘れてしまえばいいと言ったけど、そんなのは私が逃げてるだけだ。苦しいことは全部忘れて、差し出された手に守られているだけなんて、都合が良すぎる。

それに上条さんだって、こんな私をいつまでも好きでいてくれるはずがない。一年の間に何があったのかわからないけど、たった一年だ。きっと、気まぐれとか道楽とか、物珍しさだ。飽きて捨てられて困るのは、私。

左手をお湯から出す。薬指にはめられた指輪が、陽の光を受けて無機質に輝いた。

上条さんには悪いけど、これはお返ししよう。これは今の私が付けていていいものじゃない。

私は浴槽の縁に手を付いて湯船から出る。軽くシャワーを浴びようと洗い場に座った時だった。

「……なにこれ」

左の脇腹に赤黒い楕円形の傷跡のようなものがあった。周辺の皮膚にも僅《わず》かに引き攣れたような痕がある。

脇腹といっても背中の方で、身体を捻らないとよく見えないし、泡で見えなかったとかで気付かなかったんだろう。

触れてみても痛みはないし、いつどこでできたものなのかさっぱりわからない。

この一年の間に怪我でもしたんだろうか。他にもないかな、とくまなく全身を見たらもう一箇所、似たような傷跡があった。

見たところ痕にはなってるけど治癒はしていて最近できたものではなさそうだから、私の記憶喪失とはあまり関係がないんだろうか。

それよりも、さっきから背中とか肩とか見て思ったけど、上条さんは昨夜、かなり容赦無く全身を噛んでいったらしい。

温まったからか、白い皮膚にはっきりと無数の赤が浮かんでいた。しばらく消えそうにないし、背中とか肩はともかく、首筋の痕はどう隠そうか。

お風呂上がってすぐならタオルでも巻いておけばいいけど、マフラーの時期でもないし、そもそも室内でマフラーはおかしいし……なんて鏡の前に立って考えていると、突然脱衣所の戸が開いた。

「ああ、大丈夫そうだな」

そう言って顔を出したのは上条さんだった。相変わらずのスーツ姿で、この和風な浴室にはなんとも不釣り合いな格好だ。

いや、それより……

「ど、どうしてここに？」

まあ、上条さんのお宅なんだからどこにいようと自由かもしれないけど、ここは浴室で、当然私は何も着ていない。むしろスーツ姿で入ってきている上条さんがおかしい。

私は咄嗟に近くにあった手拭いを掴《つか》んで前を覆った。

「体調が悪そうだって寺前《てらまえ》が伝えにきた。来てみたら随分と静かだったから、万一沈んでねぇか心配でな」

寺前さんって、廊下にいた人か。大丈夫って言ったのに……

「もう出るつもりなので、大丈夫です。大丈夫ですからそのっ……ひゃっ！」

私はジリジリと後ろに下がったけど、すぐそこに壁があって、ぬるい木の感触に短く悲鳴をあげてしまう。そして私は上条さんに追い込まれたような状態になった。

「そんな警戒しなくても、今は何もしねぇよ。疲れてるだろうし、俺もすぐ戻るからな」

残念、上条さんはそう言って流れるように私の後頭部に手を回して、唇を重ねた。

そのまま空いている方の手で私の身体を抱き寄せると、冷たい手で私の背中を撫でる。抵抗しようにも、私が上条さんの身体を押したところでびくともしない。

唇も塞がれて声を上げることすらできず、私はただ上条さんにされるがままにその口付けを受け入れていた。

ようやく唇が離れたと思っても、すぐに再び塞がれて落ち着いて息を吸う間がない。

「ほんと、梨枝子はキスが苦手だな。鼻から吸えばいいんだよ」

「簡単に、言わないで……んんっ！」

「まあ、そんな梨枝子も好きなんだが。中途半端に十分で戻るなんて言わねぇ方がよかったな」

上条さんはそう言って背中に這わせた手を下の方に下ろす。大きな手が腰を掴《つか》んだ。

「それにしても、我ながらよく噛んだな。痛くねぇか？」

肩のあたりに残った痕を指先でなぞりながら上条さんは言う。さっき鏡で見たけど、右肩だけでも四箇所くらい赤くなっていた。背中側のよく見えない箇所も含めると、いったいどれだけ噛まれたんだろうか。

とはいえ痛みはほとんどないので、私は小さく首を横に振った。

「俺のモンだからと思って付けすぎたな。梨枝子、お前もここに付けてくれ」

「……え？」

上条さんはトントンと自身の首筋を指先で叩く。

スーツから剥き出しのその場所は、誰がどう見ても一目で目に入るところだ。

「お前は俺のモンって言ったが、俺がお前のモンでもある。梨枝子、俺はお前のものだ。好きに付けろ」

「いや、そんな……できませんよ」

「ちょっと歯を立てて、吸うだけだ」

そう言って上条さんは私の首筋のまだ白い箇所に歯を立てる。心なしか昨夜よりも念入りに歯の角度を変え、印を刻まれた。

これを、上条さんにする。私が……

上条さんは無防備に首筋を差し出して待っている。

時間がないとか言ってたから、このまま何もせずに……という考えが頭をよぎったけど、気付けば両手首を掴《つか》まれて壁に押し付けられて、身動きが取れなくなっていた。

これはきっと、私が上条さんの首を噛むまで離さないという宣言だろう。

けどそんなことしたら、私が上条さんを自分のものだと主張したみたいになってしまう。

この人の首筋にそんな痕を付けられる人は、きっとどこにもいない。

上条さんが望んでのこととはいえ、それを知っているのは上条さん本人だけだ。側から見たら、それは……

躊躇《ためら》っていると、上条さんが私の手首を掴《つか》む力が強まった。

「梨枝子、早く」

その有無を言わせぬ声音に、私の身体は勝手に動いていた。

口を開けて首の皮膚を歯で軽く挟む。

整髪剤の匂いが鼻を突いた。

「もっとだ。安心しろ、痛くねぇから。ちゃんと歯ァ立てろ」

耳元に触れる声は優しいけれど、逆らう事を許さない強制力があった。

上条さんは私が付けた痕を鏡で確かめ、吸う力が弱いからと何度かやり直しをさせた。

私はその度に上条さんに言われるがままに歯を立てて、口付けを落とす。

「……まあ、いいか」

ようやく満足したのか、上条さんは私の手を離す。

そして鏡越しに私が付けた痕を眺めて微笑むと、テストで満点を取った子どもの頭を撫でるように私の頭を撫でて、浴室を出ていった。

第二章

気がついたら私は部屋に戻って来ていた。

あれからどうやって戻ってきたんだろうか。浴室で立ちすくんでいた私は上の空のまま、とにかく浴衣を着て戻って来たんだろう。

その証拠にドライヤーをし忘れた髪は濡れたままで、浴衣も襟が左右逆だった。

浴衣を直して、首に巻いてきたタオルで髪を拭く。

ふと、綺麗に敷かれた布団が目に入った。

いつの間に。あれを誰か、たぶん廊下にいた人……寺前さんが片付けたんだと思うと、寺前さんとは今後ずっと障子越しでしか会話できそうにない。どんな顔すればいいの。というか、正直まともに会話できない気がする。

「姐さん」

「いっ！」

またしても奇声を発してしまった。

噂をすればなんとやら…いや、噂はしてないけど、寺前さんが障子の向こう側にいるようだった。

「ご朝食をお持ちしましたが、お持ちしてよろしいでしょうか」

「え、いや、ちょっと……」

心の準備が。けど、お味噌汁の出汁っぽいいい匂いが間から漂ってくる。単純な私の胃は間抜けな音を立てた。

「食欲がないようでしたら、こちらは下げますが」

「い、いえっ！　そこに、置いておいてください」

そして寺前さんはご自身のお仕事にお戻りください。皿洗いも片付けも全部やるので！

そう言うと、寺前さんは何故か少し慌てた。

「体調不良の姐さんにそんなことをさせたら、俺が若にどやされます」

「いや、片付けくらいしますけど……じゃあ、食べたら廊下に置いておきます」

「そうしてください」

そう言って寺前さんはどこかに行って下さった。ありがたい。

障子を開けてみると、そこには旅館の朝食みたいにやたら立派なお膳に乗った料理があった。

ご飯と味噌汁はもちろん、焼き立ての鮭と、色とりどりのおかずが入った小鉢。蓋《ふた》がしてある器には、ふるふると震える茶碗蒸しが入っていた。

色々乗ってるけど、おかずはどれも少しずつだから量もちょうどよさそう。お米が少し多いかな？　こんな状況じゃなければ写真を撮って職場のみんなにいいお宿があったとか言って自慢したいくらいだ。

とりあえず味噌汁から、と蓋《ふた》を開ける。汁は赤味噌で、具はシンプルなワカメと豆腐。私が一番好きな味噌汁だった。

出汁の効いた濃い味の味噌汁が疲れ切った身体に染み渡る。

続いて小鉢の煮物は、口の中でほろほろ解けて、甘い風味が後を引く。

鮭はやや辛口で、これがまたご飯に合う。ちょっとご飯が多いかと思ったけど、むしろちょうどいいか足りないくらいかもしれない。

飲み物は急須に入ったお茶で、芳《こう》ばしい玄米茶。

茶碗蒸しは干し椎茸が多めに入って、噛み締めるとじんわりと旨みが広がる。

どれもこれも、私の好きな味だ。

ここの人は、私の好みを知っているんだろうか。

やっぱり私は、上条さんと結婚するためにここに住んでいた……？

だとしたらいつから？　どういう流れで？　住んでいたアパートはどうしたの？　仕事は？

一年間の失われた情報があまりにも多すぎる。

何がどうして、こうなったのか。なぜかズキリと脇腹が痛んだ。お風呂場で見つけたあの痣《あざ》も、ただ机の角とかにぶつけただけではあんな風にならないだろう。いつ、どこで、何があったのか。

……ああ、ダメだ。何も思い出せない。

美味しい朝食のはずなのに、気付けば箸は止まっていた。

◆

記憶を失って目覚めてから三日。一時的なものだろうと上条さんは言ったけれど、ぼんやり縁側に座ってコウくんと遊んだり、美味しいお茶を飲んでいるだけの生活じゃ何も思い出せそうになかった。

何度か勇気を出してお屋敷にいる強面の黒い服の人たちに記憶を失う前のことを尋ねてみたけど、話を変えるかはぐらかされてしまう。まるで示し合わせているように。

そして外に出ようとすると、危ないからと止められる。

でもそうしている間に、上条さんとの結婚の用意が着々と進んでいく。今朝も、着物の採寸と言われてあちこち測られて、布地の見本を押し付けられた。

自分の結婚なのに他人事のようだ。

しかも相手の上条さんはヤクザ……条堂《じょうどう》組という組の若頭らしい。話を聞く限りだと、いくつも傘下《さんか》を持つ大きな組織。ますます実感が湧かない。

けれどそんな人に私は毎晩抱かれ、身体だけはその事実を受け入れ始めていた。

『思い出さなくても、また覚えればいい』

上条さんは昨晩もそう言って優しく、けれど底の見えない笑みを浮かべながら私の頬を撫でた。

そのまま口内に挿し込まれた指はガラス細工を扱うように丁寧に歯列をなぞり、零れ落ちた唾液を拭う。

回を重ねるごとに上条さんのものは私の身体に馴染んで、まるでそうすることが当たり前のように、喉は切なく湿った悲鳴を上げた。

与えられる悦楽はあまりにも甘く、自分自身の内側にいつの間にか巣食っていた劣情に抗うことができない。

ただ、一年前に置いてけぼりにされた心だけが、それを受け入れられないでいた。

「志弦さん、か。うーん……」

どうやら私は上条さんのことを下の名前で呼んでいたそうなので、とりあえず声に出してみた。

でもぎこちないし、なんだか気恥ずかしい。

私はばったりと畳の上に横になって天井を見上げる。

やっぱり、知らない天井だ。

◆

お屋敷生活は五日目に突入したけど、相変わらず記憶が戻りそうな気配はなく、外にも出させてもらえない。

縁側に座ってここ一年間のニュースを新聞や雑誌で確認していたけど、お屋敷ではそれしかしていないから飽きてきた。

「姐さん、新しいスマホです」

雑誌を置いて傍らに置かれた湯飲みの側面を撫でながら空を見上げていたら、見張りのひとり、中畑さんが携帯ショップのロゴが入った紙袋を持ってきてくれた。

私のスマホは、私が記憶を失った出来事の中で壊れたようで、上条さん経由で帰ってきた私のスマホは画面が割れていて、どれだけ電源ボタンを押しても反応しなくなっていた。

なので手配をお願いしてたんだけど、こんなに早くいただけるとは。

「ありがとうございます」

早速中の箱を開けてみると、新品のスマホがお目見えした。しかも長らく愛用している機種の最新型だ。

電源を入れて初期設定を済ませる。

スマホ無しでは退屈だし不便だろうということで、今回新しいものを用意してもらえたのは嬉しいけど……連絡先などのデータを引き継ぐ事はできなかったらしい。パスワードを変えてしまったのか、SNSにもログインできない。唯一入ることができたアカウントも、犬猫のペット動画や料理動画を見るばかりで投稿はしていないようだった。

新しいスマホは、まるで私の1年を象徴するかのように空っぽだ。

「あの、中畑さん」

「なんでしょうか。姐さん」

中畑さんはいかにもヤクザ然とした見た目の人だ。

ツーブロックにサングラス、道ですれ違っても絶対に声をかけたくないタイプ。

まあ三日間、毎日顔を見ていたら慣れてはきたけど、それでも怖い。

ちなみに前からスルーしている「姐さん」呼びについては、普通に苗字とかでいいですと言ったのだけど、なぜかみんな頑《かたく》なに譲《ゆず》ってくれない。なぜ。恥ずかしいからやめていただきたい。

「ちょっと出かけたいんですけど」

「何かご入用ですか？　こちらで手配しますが」

「買い物じゃなくて、気分転換にちょっと散歩でもしようかな、と」

ぼんやりしているだけじゃきっと何も思い出せない。まあ記憶を取り戻す手がかりになりそうな場所の心当たりとかは一切ないけど、何もしないよりはマシなはずだ。

連絡手段は手に入れた。スマホさえあればとりあえず連絡はできる。

子供じゃあるまいし、地図を確認すれば迷子にもならないはず。たぶん。

中畑さんは渋い顔をした。

「外は危険です。何が起こるかわかりません」

いや、何ですかその理由。街にゾンビが溢れたりしてるの？　さっきスマホの地図で見たけど、ここ普通の住宅地だよね？　まあヤクザのお家は普通じゃないけども。

「散歩するだけですよ。この公園までとか」

「姐さんを外でお一人にはできません。若とご一緒でしたらよろしいかと」

なぜそこで上条さんが出てくるのか。

上条さんと一緒じゃなきゃ外出できないって、いくらここ一年の記憶が無いからって、そこまで制限される筋合いはないと思うんだけど……十年単位ならともかく、一年間の記憶が無い程度じゃ、そこまで世の中に置いてけぼりにされていないはず。一般常識までは失ってないし。

「外を一周するのも駄目なんですか？　コウくんと」

「若の許可なく外出するのは危険です」

うーん、一歩も引いてくれなさそう。

けど強行突破しようにも、玄関あたりで止められる未来しか見えない。仮に全力でタックルしたとしてもポーンと弾き返されて終わりだ。

でも私だって一年間の記憶が無いままは困る。

「中畑さんは何かご存知ありませんか。この一年間の私のことについて」

「申し訳ありませんが、回答は致しかねます。若にお尋ねする方がよいかと」

「その上条さんが教えてくださらないんです……」

最初は本当にこの一年間のことを全部忘れてしまったのかと上条さんは疑っていたけど、それは一番最初だけで、今はむしろ忘れたままの方がいいと思っているのか、記憶を失ったことに関係する出来事については詳しく教えてくれない。

聞き出そうとしてもはぐらかされるどころか、忘れろと言われる始末だ。

まあ、雄吾の二股は知らない方が幸せだったかもしれないとは思うけど……

「若の方針なのでしたらなおのこと、私がお話しすることはできません。では、失礼します」

中畑さんは始終硬い態度を崩すことなく、再び持ち場……といっても私の見張りらしいので廊下の角を曲がったあたりの部屋に戻っていった。

残された私は新品のスマホの滑らかな縁を撫でながらため息をつく。

どうすればいいんだろう。

私のことを心配してくださるのはありがたいのだけど、上条さんは過保護なんだ。

そして上条さんが私の記憶が戻ることを望んでいない以上、結婚云々について自分でどうにか思い出すしかない。

そのためには何か知っていそうな人に話を聞きたい。パッと思い浮かぶのは働いてた喫茶店のオーナーとそこのバイトの雪《ゆき》ちゃん。あとは雄吾……

店に電話しようか。でもヤバいやつだって疑われそうで嫌だな。直接話をしに行きたいけど、どうやって店に行くかが問題だ。

お店には電車とバスで行ける。電車賃とお茶代くらいなら、一昨日、カバンと一緒に部屋で見つけた私の財布の中身だけで十分足りるから、外出できれば問題ないのだけど、上条さんは許してくれないだろうな。必然的に雄吾の話題になりそうだし……

なんとか外に出られないものか。

そんな事を思いながら塀を眺める。

このお家というかお屋敷、この五日間の間にウロウロしていたけど、とても広い。古い日本家屋かと思いきや、和風なのは私が今いる離れだけで、条堂組の事務所を兼ねているという母屋の方はむしろ新しかった。

……そういえば母屋の方に行く廊下の外の庭、手入れでもするのか庭師っぽい人たちがいたな。確か上条さんの部下の寺前さんがしばらくは人の出入りが多いって。

ふと、ある方法が頭に浮かんだ。

◆

翌日、私は電車に乗っていた。

意外にもうまくいってしまい、内心結構ソワソワしている。

やり方は単純。庭仕事に使っている脚立を塀に立てかけて、そこから外に出る。

あとは庭師さんが休憩でいなくなるタイミングと、こちらの見張りが手薄になるタイミングが重なるのを待って、手早く脚立を移動させればいい。

そんな単純な作戦なので機会さえあれば……と庭師さんたちの行動を注視していたら、意外にも早くその機会は訪れた。

今日の見張りは寺前さんと中畑さんの二人。でも急な来客があったようでその出迎えのために中畑さんがいったん持ち場を離れて、庭師さんも作業の途中で帰っていった。

残ったのは寺前さんだけ。申し訳ないなとは思いつつ、この機を逃せばきっと次はないので、寺前さんにお茶をお願いしている間に縁側に置きっぱなしにしていたサンダルを履いて出てきた。

一応机の上に夕方には戻ると書き置きはしたから、逃げたわけじゃないということはご理解いただきたい。

私はただ、自分の記憶を取り戻したいだけ。

窓の外の景色は私が知っている景色とさほど変わっていない。新しいお店ができていたり工事中だったところの工事が終わっていたりしているくらいだ。

毎日使っているはずの道なのに、久しぶりにやってきたような不思議な感覚を覚えながら、目的の駅に着くのを待つ。

そのあとはバスに乗った。お店に一番近いバス停まで行って、あとは三分くらい歩けば……って、あれ？

私は慌ててバスの降車ボタンを押した。

見慣れた景色の中に、ありえないものを見た。

運転手さんへのお礼もそこそこにバスを飛び降りた私が見たのは、売り物件になっている古いアパート。

私が部屋を借りていたアパートだ。いつの間にこんな事に……結構古いアパートだったけど、空き部屋も変な住民もなかったし経営に困るなんて事はなかったはず。

じゃあ私、最近はどこに……いや、これがあったから、上条さんのお屋敷に移ったって事かな？

確かに隣の部屋に私の私物があった。服とか本とか小物とか、必要なものはひと通り。

あ、でも結婚するくらいだし、同棲の方が早いのかな？　わからないけど、でも私にとってはほんの少し前、なんなら今も住んでいると思っていた場所がなくなっていて、胸に穴が空いたような気がした。

「今は一年後、一年後なんだ……」

そう自分に言い聞かせて、私は本来の目的を思い出す。

降りてしまったバスはしばらく来ないけど、お店までは歩いて行ける距離だ。

何か思い出すかもしれないし、いつもの道で行こう。

歩道をてくてく歩きながらあちこち見回す。観光地でもないので、側から見たら不審者かもしれない。

こうしてじっくり見ると、一年あれば結構色々変わるらしい。

近所のスーパーの看板が新しくなっていたり、工事中の場所が変わっていたり、レストランのメニューに新しいものが増えていたり、仔犬だった犬がすっかり大きくなっていたり、久しぶりに地元に帰ってきた感覚とはまた違う、街が急に変わってしまったようで、妙な感じだ。

そうして到着した私の仕事先、喫茶店『ロード』は、私の記憶とさほど変わらないまま普通に営業していた。ランチタイムが終わって少し落ち着いているようで、オーナーと話をするにはちょうどいいタイミングだ。

自分が働いている店なのに、妙に緊張しながら扉を開ける。

「いらっしゃいませー」

そう迎えてくれたのは知らない女の子だった。新しいバイトの子だろうか。

「すみません。以前……働いていた者なんですが、オーナーの由梨恵《ゆりえ》さんはいらっしゃいますか？」

バイトの子は一瞬不思議そうな顔をしたけど、すぐに奥に行ってオーナーを呼んできてくれた。

奥から出てきたオーナーは私の記憶とさほど変わらない。髪が伸びているくらいかな。私の顔を見て、少し目を見開く。

「お、お久しぶり……です？」

体感的には一週間ぶりくらいなんだけど、三ヶ月前に辞めたというのが事実なら「お久しぶり」になると思う。

オーナーはしばらく呆然としていたけれど、やがていつもの賑やかな声で笑った。

「あ！　小山ちゃん。久しぶり」

辞めた事を怒っていないだろうかとヒヤヒヤしていたけど、杞憂《きゆう》だったらしい。

オーナーはちょうど空いていたカウンター席に私を通してくれる。

「ちょっと待っててね。紅茶とオレンジタルトでいい？」

「はい。ありがとうございます」

この店のオレンジタルトは私の好物だ。残ったのをたまに自分で買うくらいには好きだったので、覚えてもらえていたらしい。

しばらく待つと、熱々の紅茶と艶やかなオレンジがたくさん乗ったタルトが出てきた。

オレンジの爽やかな香りが鼻腔《びこう》をくすぐる。

「いただきます」

ちょうど別の注文も入っているのか、オーナーはすぐに奥に戻ってしまったので、とりあえずこの美味しいタルトを食べる事にする。

まずはオレンジだけ。甘くて、余韻《よいん》がほんの少し苦い。タルト生地は少ししっとりしていて、これがまたいいんだ。

紅茶の香りとオレンジが絶妙にマッチして、交互に食べればおかわりもできそう。そういえば誕生日に贅沢コースとか言いながらやった覚えが。

そんな事を考えながらオレンジとタルト生地、それとカスタードの絶妙なバランスを探っていると、オーナーが出すのを忘れていたと言ってお水を置いてくれた。

「辞めて以来だねぇ。元気？」

「は、はい」

身体はたぶん元気。最近の記憶がないだけで……というのをどう切り出すべきか。

「いきなり辞めるなんて言うからびっくりしたけど、元気そうでよかった」

「その節は……すみませんでした……あの、私、なんで辞めたんでしょうか？」

「え？」

オーナーは不思議そうに私を見る。私は意を決した。

「色々あったみたいで、ここ一年間の事をなにも覚えていないんです」

「いわゆる記憶喪失ってこと？　いったいどうして……って、それを忘れてるから記憶喪失なのね」

それはまあ、すぐには信じてもらえないだろう。私もまだ信じたくないし。

「なので、知っている人に聞いてみようと思いまして……オーナーは、何かご存知ありませんか？例えばその、彼氏の、雄吾の事とか、なんで辞めたのかとか」

「彼氏の方は二股されたんでしょ？　しかも彼氏の入ってるサークルの後輩で、ゆるふわ系の。デートほぼ代全額小山ちゃんが持ってたから、浮いたお金で浮気されたんだって、それはもう荒れに荒れてた」

「ソウデスカ……」

なぜかカタコトになってしまった。え、二股されてたっていうのは上条さんがほんの少し行ってたけど、私本当にそんなのと付き合ってたの？

確かに出かけるときの食事代とか施設の入場料とかは自分が社会人だから、という理由と大人の余裕？のようなものを見せたくて多めに……というか九割くらい私が払ってた。職場が飲食店だから休みの日を合わせにくいということも相まって、申し訳なさもあったからだ。

私は雄吾のことが好きだったからそうしていたけど、浮気されてたことを知った上で振り返ると……ただの都合のいい女だったのでは？

しかも雄吾は、なかなか会えないしせっかくだからと少し遠くのスポットを目的地に選んでいる気がする。自分のことを思って選んでくれてると喜んでいた私、だいぶ情けないな。

そんなやつと付き合っていたとわかったら、自棄になってホストクラブに繰り出そうとかアホなこと考えるかもしれない。

今も腹立たしいやら信じられないやらでちょっと表に出て叫びたい気分になっていた。

「それで辞めたんですか……？」

「え、さすがにそうじゃないと思うけど？私はてっきり結婚するからだと思ってた」

ここでも結婚が出てきた。

やっぱり私は上条さんと結婚するつもりでいたんだろう。

じゃあそこに至るまで何があったんだろうか。結婚するからって辞めるかな？私は喫茶店《ロード》での仕事が好きだから、結婚したからって辞めないと思うけど……上条さんのお屋敷に住んでたとしても、普通に通うことのできる距離だ。

「骨折したんでしょう？　それでしばらく休ませてほしいって言われたんだけど、やっぱり辞めるって」

こ、骨折？

私は思わず自分の腕を見る。特に痛みもない、見慣れた腕だ。

「というかそれ婚約指輪よね。結婚したんでしょう？　あのイケメンと。少し前にも来てたよ」

あのイケメンって事は……上条さん、お店に来たんだろうか。

うーん、やっぱり何も思い出せない。

そしてオーナーは、私が結婚するかもということは察していたような感じだけど、詳しくは知らないらしい。

あとは誰が知ってるのかな。雄吾はたぶん、そんな酷いことがあったなら別れて以降連絡なんてしていないだろう。バイトの雪ちゃんは今日はシフト入ってないみたいだし……

「お腹に余裕があるならアイスも食べる？　半年前に新しく増やした抹茶のフレーバーだから、一年前の小山ちゃんは知らない味のはず」

半年前に食べたけど忘れちゃった味って事か。何か思い出せるかな。お腹はまだ五分目くらいで余裕だ。

せっかくなのでお願いして待っている間にスマホを見る。

……通知切れてたから気付かなかったけど、すごい数の着信が入ってた。

溶けてしまうしアイス食べたらすぐに返事をしようとスマホを机に置いた時だった。

お店の扉のベルが鳴って、新しいお客さんが入ってくる。

癖でいらっしゃいませと言いかけたのを堪《こら》えつつ、お客さんの方を見てみる。落ち着いた雰囲気の背の高い男性客だった。

灰色のスーツに黒カバン、仕事途中の休憩に立ち寄ったのだろうか。濃いめの茶髪を手櫛で掻き上げる仕草がその整った顔立ちも相まって妙に様になって……ん？　なんだろうこの感じ。この人、どこかで見た覚えがある。

奇妙な感覚に失礼ながらじっと見ていたら、その男性と目が合った。

そして男性は真っ直ぐに私の方に向かって歩いてきて、驚いている私を突然抱き締めた。

「会いたかったよ。梨枝子さん」

……え、誰？

私はここ数日間で何度目かわからないフリーズ状態で男性に抱き締められていた。全く知らない人だ。どこかで見た覚えがある気がするけど、知り合いだろうか？　いや、知り合いだからって抱き付くか？　どういう関係？

男性は私を抱く力を一瞬強めて、離した。

「オーナーさん、連絡いただきありがとうございます。さあ、行こうか」

いや、誰⁉

知り合い感どころか、恋人同士くらいの勢いで来てるけど、あなた誰ですか⁉

混乱する私の腕を引き、男性が囁く。

「志弦から逃げて来たんだろう？　俺が力になるよ」

詳しいことは店の外で話そう。男性はそう言ってにこやかに微笑んだ。

わけがわからず助けを求めるべきかオーナーの方を見ると、訳知り顔で微笑んでいってらっしゃいと言わんばかりにひらひらと手を振っている。

「記憶喪失なんて言い出すからびっくりしちゃったけど、とりあえずお迎えが来たから大丈夫そうね」

どういうこと？　オーナーはこの男性が私の結婚相手だと思ってる……？

でも、私はこの男の人を知らない。さっきオーナーが口走った『あのイケメン』って、上条さんじゃなくてこの人のこと？

それにさっきの、この男性にオーナーから連絡が行ってたってどういうこと？

「あ、あのっ……！」

「どうしたの、梨枝子さん」

男性は柔らかな笑みを浮かべて私を見ている。けれど腕はその柔和な態度とは裏腹にしっかりと掴《つか》まれていて、振りほどくのは難しそうだ。

「梨枝子ちゃん、痴話喧嘩なら外でしてね。そろそろお客さん増えてくるから。久しぶりに来てくれたからお代はサービスしておくわね～」

オーナーは私と男性を交互に見て揶揄うようにそう言うと、お土産にとお店のお茶を持たせてくれた。

そして私と男性は追い出されて、そのまま店先で二人きりになってしまった。

◆

この人のことは全く覚えてないし、なんなら怪しい。けどこの一年間の私のことを知っているのは間違いなさそうだ。

いつまでも店先にいるわけにもいかないので、私と男性はとりあえず通りを歩くことにした。お店の駐車場を出たあたりで、私は警戒しつつも口を開いた。

「あなたは誰なんですか？」

「どういうこと？　さすがに冗談が過ぎないかい？　オーナーさんも記憶喪失らしいって言ってたけど、まさか本当なのかい？」

男性は少し慌てたように私の顔を覗き込む。整った顔が近くにあって、妙に緊張する。

けれど態度からして知り合い、上条さんの関係者なのは間違いなさそうだったので、私はここ一年間の記憶がないことを話した。

「それは……大変だったね。頭を強く打ったとか？病院はちゃんと行った？」

男性はその整った顔に憂いを浮かべて、隣を歩く私の顔を覗き込んだ。

やっぱりどこかで見た気がする。誰かに似ているんだろうか。

「俺は条元《じょうげん》威弦《いづる》。条元って分家に養子に行ったから苗字は上条じゃなくなってるけど、弟が迷惑をかけているだろう？」

……あ！

どおりで見覚えがあるわけだ。上条さんと顔の系統が同じ。口調とか雰囲気は全然違って、身長もこちらの条元さんの方が少し高い。でもそれは兄弟、しかも兄と言われれば納得だ。

「え、まさかお兄さんだとは……」

上条さんの兄と聞いてからだと、もうそうとしか見えない。

ん？　でもそれって抱きついていい理由になる？　海外留学の経験がおありで身内間の距離感がバグっていらっしゃるとかならともかく。

「……覚えてないんだろうけど、そうやって言われるの、二回目なんだよ」

「そうなんですか」

「まあ俺も、志弦がご執心の女の子がどんな子か気になって、最初は兄だって言わなかったからね」

曰く、仕事先、つまり喫茶店《ロード》にお客さんとしてやってきたらしい。

暇なんだろうか。いや、というか上条さんのお兄さんってことは、この人もヤクザなんだろうか。見た目だけならザ・敏腕社長って感じだけど。

恐る恐る、ご職業は？　と聞いてみる。

「俺？　俺は志弦と違って小さい組の組長だよ。一応会社も経営してるけど、そっちは部下に任せっきり」

……ヤクザと社長の両方だった。すごいなこの兄弟。

「それより、梨枝子さんは志弦から逃げてきたんじゃないの？」

「別に逃げてきたわけじゃないですよ。まあ黙って抜け出しはしましたけど、夕方には戻るつもりです」

失った記憶を取り戻す手掛かりを探しに、私のことを知っていそうな人のところを訪ねていたんだと答えた。

……そうだ、着信来てたんだ。返事返さなきゃ。

そう思ってポケットからスマホを出そうとしたら、やんわりと止められた。

「志弦には俺から伝えとくから大丈夫。にしても、忘れている間のことについて志弦から聞いてないの？」

「……それが教えてもらえないんです。まあ雄吾……彼氏に二股された記憶も入ってるらしくて、無理に思い出す必要はないんじゃないか、って」

上条さんからすれば元彼の話なんて思い出してほしくないんだろう。あとは記憶を無くしたきっかけについても、記憶を失いたくなるほどの何かがあったんだろう。頭を強く打ったとか、事故現場を目撃した、とか？

それに……

一瞬、暗い影が脳裏をよぎって、背筋に悪寒が走る。

私の記憶を黒く塗りつぶしている闇。あの闇の正体は、いったい何なんだろう。思い出そうとするたびにそこで全てが止まってしまう。

「……梨枝子さん？　顔色が悪いみたいだけど大丈夫？」

条元さんがその端正な顔を私に近づけて心配そうに様子をうかがっている。上条さんの兄と知ったからか、その表情に上条さんの面影が重なって心臓が跳ねた。

「だ、大丈夫です！　すみません、少しぼーっとしてしまって……」

「本当に？　梨枝子さんは病み上がりなんだから無理はよくないよ」

「む、無理はしてません！　むしろ上条さんのところは至れり尽くせりと言いますか……少しは外に出ないと」

今は考えちゃだめだ。こんなところであの闇の中に落ちちゃいけない。条元さんにも迷惑だ。

「と、とにかく、こんな風に記憶が無いまま結婚しちゃいけない気がするんです。上条さんにも失礼ですし、もしこのまま記憶が戻らなかったら、とか、また忘れてしまったらとか、不安なんです。少しずつでも何か思い出さないと、上条さんのことを私自身がどう思っていたのかも……」

「優しいね。梨枝子さんは」

「いえ、優しいんじゃなくて、自分に甘いんですよ」

結局は自分の記憶を無くして不安だから、それを解消したいだけだ。上条さんのためでもなく、自分のために。

しかも上条さんは普通の人じゃない。本来は関わるはずのない人とどうしてこんなことになっているのか。

お屋敷の人たちもみんな私には優しくて、それがむしろ怖い。

できるだけ考えないようにしていたけど、ヤクザの人たちが優しくしてくれる理由は？　どうして私なの？

「というわけですので、条元さんは何かご存知ありませんか？　記憶を失う前に何があったのか、とか」

上条さんのお兄さんなら、少なくとも何があったのかくらい知ってるんじゃなかろうか。

「確かに知ってるけど、思い出させない方がいいんじゃないかっていう志弦の気持ちもわかるんだよね。記憶喪失になるくらいだから、トラウマを抱え続けるより忘れた方が楽かもしれないよ」

「それはわかっています。でも私だけ知らないままは嫌なんです」

条元さんの口ぶりからして、やっぱり記憶を失う前に「何か」があったんだ。

私は生唾を飲んで条元さんの言葉を待つ。

「今月の頭かな。突然梨枝子さんが行方不明になったんだよ」

「行方不明……？」

「誘拐されたんじゃないかって大騒ぎになって、敵対してた組まで乗り込んだりしたんだけど見つからなかった」

確かに一大事だけど……というかさらっと登場した乗り込まれた組とやらが可哀想。

なんにせよ今の私は無事だ。誘拐されたけどちゃんと見つかった、ってことだよね。目を覚ましたのは上条さんのところだったから、上条さんに助けられて。

「結局、志弦が見つけたみたいだけど、何があったのかまでは俺も知らない。俺はてっきり、梨枝子さんが身を隠そうとしたんじゃないかって思ってたけど」

身を隠す？　私が？

「……そういえばさっきも『逃げてきた』って」

「だって梨枝子さん、あんなに結婚するの嫌がってたから」

その言葉に、お腹の底がヒュッと冷えた。

心のどこかで薄々そうじゃないかと思っていた。ヤクザのしかも「若」なんて人と私が結婚するなんて、ありえない。

けど、上条さんが私に向けてくれる好意は嘘偽りのないものだと思う。記憶を失っていても私なんかを好きでいてくれることに、嬉しさを感じているのは確かだ。

連日繰り返される行為も、私に快楽を教え込ませようとはするけど、痛い事や無茶は絶対にしない。

この人の想いに折れたんだろう。そう思おうとしていたのに。

「志弦も強引というか、我儘《わがまま》だからね」

条元さんは訳知り顔でうんうんと頷いた。

「そういえばさっき、オーナーが私と条元さんがその……結婚相手って勘違いしていたみたいなんですけど」

「ああ、だって俺は梨枝子さんと……おや、来たね。志弦」

条元さんの視線の先に、一台の白いセダンが停車する。中から出てきた上条さんは私と条元さんを交互に見て、ツカツカと足音を立てて近付いてきた。

漂う緊張感に身体が強張るのと同時に、条元さんが私の肩に腕を回す。

そのまま条元さんの方に抱き寄せられて、背中が触れた。

上条さんの眦《まなじり》が釣り上がる。

「梨枝子に触るな」

声を発するだけでピリピリと空気が痺れるようだった。まずいと思って条元さんの腕を振り解こうとしたけれど、少し腕を押した程度じゃピクリとも動かなかった。

「どうして？　梨枝子さんは志弦のものじゃないだろう」

「梨枝子は俺の婚約者だ」

「俺にとっても、梨枝子さんは大切な人だよ」

対する条元さんは余裕のある笑みを浮かべて私を抱き寄せる腕にさらに力を込める。

「だからこそ、本人の意志を確認しないと。ね、梨枝子さん？　嫌なら嫌って言った方がいいよ。気を遣って無理に結婚することはない。全て思い出すまでは俺が守ってあげる。大丈夫、条堂組の連中は俺に手を出せないから」

「結婚を承諾した記憶は確かにないですけど、あなたにこんな事される記憶も……」

その瞬間、背筋に冷たいものが走った。

「……梨枝子になにを吹き込んだ」

「吹き込む？　嫌だな、俺は、」

私の肩を抱いている条元さんの身体がぐらりと揺れる。

上条さんが条元さんの胸ぐらを掴《つか》んで、反対の手で私の肩に回されていた腕を振り払った。

さらに上条さんは自由になった私の身体を軽く突き飛ばして距離を取らせる。

「……梨枝子さん、記憶喪失って聞いたけど、一体何をしたの？」

「俺が聞きたいくらいだ。兄貴が裏で手ェ回したんだろ」

「ひどい言いがかりだ。俺は梨枝子さんが行方不明になったって聞いて誰よりも心配したのに」

「どの口が言ってんだ。あの女を梨枝子にけしかけたのは兄貴だろ」

「あの女？　誰のことかな？　というか、今の話題は梨枝子さんがどうしたいか、だ。記憶喪失なのをいいことに、無理矢理結婚を迫るのはどうかと思うよ」

「無理矢理？　それは勝手に兄貴がそう思ってるだけだろ」

上条さんと条元さんは私の知らない、私に関わる話を続けている。

なんなの、この状況……

私はこの一年間でなにをやらかしたの？　なにをどうしたら、ヤクザ二人に「私のために争わないで！」みたいな事を言わなきゃいけない状態に？

どうして私は全部忘れてるの？

「俺が知らない間に志弦と結婚する気になっていたんなら、さっきの言葉は取り消して二人を祝福するよ。梨枝子さんが幸せなら俺はそれで構わない」

「兄貴に祝福されたって嬉しかねぇよ……梨枝子、コイツになに言われのか知らねぇが、聞くだけ無駄だ」

二人は口々に私を諭す言葉と互いをチクチクと刺す言葉を発している。でも途中から二人が話す言葉が段々遠くなっていくように感じた。

どちらか正しいのか、あるいはどちらの言うことも嘘なのか。

頭の中で薄いガラスにヒビが入るような音がする。

『アンタのせいよ！』

誰かが叫んでいるみたいだけど、誰だろう。

甲高い声が私を責め続ける。

視界が揺れる。立っているのがやっとで、周りの音が常人には理解できない複雑な機械の電子音のように聞こえた。

「……っ、梨枝子！」

私の左腕を上条さんが、右腕を条元さんが掴《つか》む。

そこでようやく自分が倒れそうになっていることに気づいた。

「す、すいませんっ！」

私はそう叫んで二人の手を振り払った。

二人から距離を取って、掴《つか》まれていた部分をさする。

「やっぱり体調悪いんだろ。帰って休め」

「梨枝子さん。ちゃんとした病院に行ったほうがいい。志弦のことだ。闇医者に診せただけだよ」

差し出された手は、どちらも取ってはいけない気がした。

どちらかを取れば、もう戻れない。なら、今しか戻ることは許されない。

「ご、ごめんなさい……」

私は二人から距離を取ろうとジリジリと後退する。

行くあてはないけど、どこかのタイミングで走って逃げよう。そう思っていたのに、背後に人がいてぶつかってしまう。

「すいませ……ん」

私がぶつかったのは中畑さんらしき人だった。

なぜ『らしき』なのかは、顔が腫《は》れていて確信が持てなかったから。

「失礼」

そう言われて私は腕を掴《つか》まれる。

「行きましょう、姐さん」

その時気付いた。道の端、曲がり角、木の陰、通りすがりにしては多過ぎる黒いスーツの人たち。

私が思う『戻る』ための場所って、どこなんだろう。

「梨枝子」

動けないでいる私の前に立った上条さんは、静かな怒りを湛えた瞳で私を見下ろしている。

「外は危ねぇから、先に帰ってろ」

上条さんは中畑さんに目線で何か指示を出した。

私の腕を握る中畑さんの力が強くなって、私は上条さんが乗ってきた白い車の方に連れていかれる。

離してほしいと言っても、中畑さんは一切手を緩めてはくれない。

「……やっぱりお前は強引だよ、志弦。梨枝子さん、貴女が望むなら俺は貴女を志弦の檻から助けるよ」

そう言って条元さんが不敵に微笑み、懐に手を入れた瞬間、雷が落ちる直前のようにビリビリと空気が震えた。中畑さんも足を止める。

このとき私が一言「助けて」と言っていたら、条元さんは何をする気だったんだろうか。

けれど震える喉は何の音も発することなく、私の身体は我に返った中畑さんに引っ張られて、車の中に押し込まれた。

車はそのまま走り出して、上条さんと条元さんの姿が遠ざかっていく。そのはずなのに、頭の中で二人の声がする。


『愛してるよ。梨枝子さん』

『ありがとな、梨枝子』

『俺があなたを幸せにする』

『これで、ずっと一緒だ』


……知らない。こんなの。

私はズキズキと痛む頭を抱えた。

いったい、一年間私は何をしてきたの？　上条さんと条元さんというヤクザの若頭と組長と、何がどうしてこうなったの？

思い出したい。でも、思い出すのが怖い。

いっそのことこの数日の出来事が全部ただの夢で、目が覚めたら一年前の、仕事に行く前の平凡な朝になっていたらいいのに。

上条さんの好意は嘘偽りのないものだと思うけど、何も知らない私からすれば重すぎる。

ただ愛されるだけじゃ、怖い。

◆

部屋に戻された私は荷物をまとめることにした。

やっぱり、こんな状態で上条さんと結婚するなんてできない。上条さんには申し訳ないけど、私はそれに見合う思いを返せない。私は空っぽだ。

コウくんもこんな私でも懐いてくれてて少し寂しいけど仕方ない。

幸い、荷物は少なそうだ。服や鞄のうち、身に覚えのない高そうなものは置いていけば、キャリーケースくらいで収まりそう。

通帳や印鑑、カードもあったから、しばらくはなんとかなる。仕事はオーナーに頼んでまた働かせてもらおう。難しそうなら、バイトしながら探せばいい。

荷物を選り分けていると、突然障子が開いて中畑さんが現れた。外で会った時よりも少し顔の腫《は》れが引いている気がして、少し安心した。

「失礼します。若から言伝を……あ、姐さん⁉　何をなさっているんですか⁉」

「ええと、ずっと上条さんのお世話になるのは申し訳ないので、片付けを……」

「思いとどまってください！　いけません！」

中畑さんは一瞬倒れるんじゃないかってくらい顔面蒼白になって、今は必死の形相であれこれ言っている。

何事かと他の面々も集まってきて、気付けば私は十数人の強面ヤクザに取り囲まれて土下座されるという人生で一番意味不明な状態に陥った。

「自分、何か姐さんに失礼なことをしたんでしょうか。気に食わないことがあればおっしゃってください。骨折ってでも直しますんで！」

「コウさんにおやつを与えすぎだと注意したからですか⁉」

「食事の味付けに不満が⁉　もしや姐さんの苦手なトマトをうっかり出したりしましたか⁉」

「むさ苦しいのがお嫌でしたら、本部の方から見た目がマシなやつを連れて……」

「いや、お前……それは逆にまずいだろ」

「姐さんの部屋の前でコケたのがうるさかったんですか⁉」

「え……いや、その辺りは全然気にしてませんけど……」

衣食住に不満はありませんよ。むしろ不満がないから、こんな生活してていいのか不安になってるんです。コウくんのおやつについては可愛くて甘やかしました、すみません。

「姐さんが出ていったなんて知られたら俺ら、若にどやされます」

「条堂組の安寧は姐さんにかかってるんです！」

そこまで言いますか。ヤクザの事情とかよくわからないけど、私がいなくてもこの組は大丈夫な気がしますが……上条さんもデキるヤクザっぽいですし。

「というか、上条さんからの伝言ってなんですか？」

「え、ああ、それは……」

「全員呼びつけて何してんだ、梨枝子」

「呼びつけたんじゃなくて皆さんがひとりでに集まって……か、上条さん！」

そこには不機嫌そうな上条さんが立っていた。

吊り上がった目尻に、鋭い視線。

背筋に冷たいものが走る。

あれだけ集まっていたヤクザさんたちは蜘蛛《くも》の子を散らすように逃げていった。

「仕事片付けてから行こうとしてたんだが、騒がしくてな」

上条さんはそう言って選り分けた荷物を一瞥《いちべつ》する。

そして私を止めるように手首を掴《つか》んだ。

「なんで片付けなん、て……ん？」

上条さんは、掴《つか》んだ私の手に指輪が無いことに気付いて眉をひそめる。

その苦い表情に、ズキリと胸が痛む。

よくよく考えなくても、上条さんみたいに毎日美女を取っ替え引っ替えできそうな人が、お金も権力も何もない私と結婚しようとする理由は、私のことを好きだと思ってくれているからだ。

「ごめんなさい」

それなのに私は上条さんのことを覚えていない。そんな状態で上条さんの思いに応えることなんてできないし、頼っていいわけがない。しかも上条さんはただの人じゃなくて、ヤクザだ。私が本来関わっていい人じゃない。

そう伝えると、上条さんはゆっくりと手を離してくれた。

わかってもらえたんだろうか……いや、違う。

「どこに行く気だ？　行く当てはあるのか？」

問い詰めるような口調ではなく、興味で尋ねているような言い方をしているけれど、上条さんの目は試すように私を見つめている。

「と、とりあえずオーナーと交渉してまた雇ってもらおうかと思ってます。無理そうなら、別のお店を探して心機一転しようかな……と」

「私」の知る元の生活に戻るために、普通の生活を始めたい。それだけなのに、緊張で口の中が渇いて掠《かす》れたような声になってしまう。

恐る恐る上条さんの反応を伺うと、上条さんは寂し気に暗い色の瞳を細めた。

「それなら、潰すしかねぇな。あの店」

……え？

なぜ、そうなるの？

「俺から梨枝子を奪う場所は必要ない」

その声は不自然なくらい淡々としていて、言葉の外でどうしてわからないのかと言われている気がした。

「何が不満なんだ」

「ふ、不満なんてありませんよ。お屋敷の人たちもよくしてくれますし……でも、それが逆に申し訳ないというか……」

掃除も洗濯も料理もする必要のない、何不自由のない生活。けれどその生活を送ることができている理由を私は知らない。上条さんと結婚するからだとしても、そもそも私が上条さんと結婚できる理由がわからない。

今の生活と私が釣り合っていない、分不相応すぎる。

「俺の目が届く範囲にいてくれねぇと、お前を守れない」

「別に私みたいな庶民を守らなくても……」

「それは、俺が役に立たねぇってことか？」

「ち、違います！　どうしてそうなるんですか!?」

どうしよう。会話が噛み合わない……というか、この状態じゃ上条さんが話を聞いてくれない。

冷たい汗が背中を伝う。嫌な予感がした。

「証明が必要ならわからせてやる」

そう言って上条さんは私の身体を手馴れた動作で抱き上げると、開けっ放しだった襖《ふすま》から廊下に出てお屋敷の奥へ進んでいく。

どこに向かっているのか、下ろしてほしいと頼んでも上条さんは聞く耳を持たず、むしろ身をよじる私を咎《とが》めるように身体に回した腕の力を強める。

そして上条さんは見慣れない部屋の戸の前に立つと、迷うことなくその戸を開け放った。

薄暗いその空間には一瞬何もないように見えたけれど、視線を落とすと下のほうへと続く階段が目に入った。

「な、なんですか。この階段……」

「すぐわかる」

わかりたくないんですが!?

深く暗い沼に足を踏み入れているような不安に襲われて身体が強張る。

どこに続いているのかわからない階段に怯える私に対して、上条さんは穏やかな笑みを浮かべている。この先に向かう方が安心だから、と私を宥めるような表情だった。

「落ちると危ねぇから、動くなよ」

上条さんはそう言って階段をひとつ降りる。私と上条さん二人の体重を支えた木の板が軋む音が、妙にはっきりと聞こえてきた。

恐る恐る階段の先に目を向けると、薄明かりの奥に重厚な金属製の二重扉があった。

なぜ二重か分かったのは、手前の扉が格子状になっていて奥のもう一枚の扉が見えたからだ。直感的に、ここが何なのか理解したけれど、私の頭は理解することを拒否していた。

「ちか……ろう……?」

どうしてそんなものがここに。いや、ここは上条さんの……ヤクザのお屋敷だ。牢屋の一つや二つ、あるのかもしれない。そしてそういうものが当たり前のようにあるということは、上条さんにとってここを使うというのはきっと普通のことなんだ。

何度目かわからない悪寒が背中を走る。

金属が擦れる高い音を立てながら、一枚目の扉が開く。私は上条さんの胸を叩いた。

「上条さん、下ろして！」

「大丈夫だ。非常時のシェルター用の場所だからな。ちゃんと生活できるように一通り揃《そろ》えてある」

「そうじゃなくて、なんで私をこんなところに……」

「俺の目が届く一番安全な場所がここだ。証明してやるよ、お前はただここにいてくれればいいってことを」

上条さんは奥の扉に手をかけた。地下特有の冷たく湿った空気が頬を撫でる。

扉の向こう側には八畳ほどの空間があって、机や椅子、布団などの家具が一通り揃《そろ》っていた。

上条さんは部屋に入ったところで私を下ろしてはくれたけど腕は掴《つか》まれたまま、そして私が思わず入り口に目を向けたことを咎《とが》めるように抱き寄せられる。

「言ったろ、お前は何も気にしなくていい」

「き、気にしますよ！」

ここはシェルター代わりとか言ってるけど地下牢だ。そしてこれからここは、私を閉じ込めておくために使われる。そんなの気にしない方が無理な話だ。

「ここまでしなくても、私はただ自分が知ってる生活に戻ろうとしただけで……」

「それは俺の前からいなくなっていい理由はならねぇな」

上条さんが私を抱く腕に力がこもる。この状況で腰を強く抱かれ、一瞬息が詰まった。

「お前を留めておくためなら俺はなんだってする。両腕と両足を縛っとけば移動もできなくなるよなぁ」

冗談だ、という言葉を期待したけど、そんな事を言うような雰囲気ではない。私の左手首を掴《つか》む上条さんの手が鎖に変わるのは時間の問題だ。

このままじゃ本気で閉じ込められる。

「そこまでしなくても、もう勝手に出て行ったりしませんから！　私はただ、自分で使う分くらい働いて……」

「欲しいものがあるなら言えばいい。お前の我儘《わがまま》なんて可愛いもんだ」

「そうじゃなくて、自分の力だけで生きていけるようになっておかないと……」

人生何があるかわからない。現在進行形でそれを体感してしまっているので、自分でなにかしら基盤を持っておかないと不安だ。別に上条さんとの縁を切りたいわけじゃないし、今更切ることができるとは思っていない。けれど上条さんはそれすら許す気はなさそうだった。

「……自分だけで？」

耳元で呟かれた声は低く、試すように鋭い。

元々低かった室内の温度がさらに十度くらい下がった気がした。鳥肌が立って、私は思わず身震いする。

「なら、俺がいねぇと生きられねぇようにしてやろうか」

「え……ちが……」

「そうすればよかったんだな、初めっから。俺だけが梨枝子がいねぇと生きらんねぇなんて、オカシイもんな」

いや、おかしいのは上条さんの方では。そう言ってしまっていればよかったのか。言っていたより状況が悪化していたのか。

いずれにせよ悪化することには変わりなく、上条さんは私の身体を壁に押し付けて首筋に噛み付いた。私の髪の毛が邪魔なのか、男性らしく角ばった指が髪の毛を掻き上げて頭皮を撫でる。

「梨枝子はどうしたい？　とりあえず気持ちよくなって、無茶苦茶にされてなにも考えなくてよくなるか、薬漬けになって俺の助けなしで生きられねぇようになるか」

なにその二択……

冗談だと言ってほしい。でも、上条さんならやりかねない。

選びようのない選択肢を迫られて硬直していると、上条さんは瞳を妖しく輝かせて目を細めた。

「悩むなら両方にしとくか？　その方が俺も安心できる」

「ど、どっちも嫌ですよ！　上条さんは、どうしてそこまで私を……何もわかりません！　わからないのにこのまま結婚なんてできません！」

何回も言ってる気がするけど、はっきりさせておこう。記憶が戻らない限り、今のこの状況を判断するなんて不可能だ。仮に何があったのか教えてもらえたとしても、ヤクザに結婚を迫られてるというだけで信じられないんだから、都合の良い嘘をつかれていても気付けない。

思い出すしかないんだ。

というか、私の記憶が戻れば全部わかる。何が事実で、私がこの人のことをどう思っているのか。

「とりあえず今思ってることを言わせてもらいます。会って一週間も経ってませんけど、上条さんは勝手です！　上条さんはよくても、私はこんな状態じゃ結婚できません。不安なのは上条さんだけじゃないんです！」

この数日の間の周りの人達の様子からしても、私と上条さんとの間には浅からぬ関係があった。それは間違いない。

「目を覚ましてから今まで、記憶がないのに困らなかったのは上条さんのおかげです。でも、私はただの喫茶店の店員で、上条さんはヤクザで……っ！」

上条さんの指先が唇に触れた。目は細められて感情が見えづらい。

「勝手なのは、梨枝子もだろ？」

その声音は平坦で、怒りも悲しみも感じない。それがかえって怖かった。

「俺は梨枝子を愛してる。俺にここまで惚れさしといて、忘れたから出てくのは許さねぇ」

上条さんは私の首筋に手を這わせる。冷たい指先が食い込んで、私の身体はびくりと震えた。

「まあ驚くか。目が覚めたらいきなりヤクザと結婚することになってた、なんて。でもなぁ、信じられねぇのは俺も同じだ。あんだけ大事にしてきたのに全部忘れられたんだから」

「それは……ごめんなさい。でも……」

「何も覚えてねぇから、仕方ない？　残念だが、その程度で冷める思いなら、俺はここまでしねぇよ」

そう低い声で囁く上条さんの手には指輪があった。

片付けを始める前に外して、箱とかが見つからなかったからハンカチを敷いて机の上に置いていたんだけど、上条さんはちゃんと見ていたらしい。

上条さんは裏側の刻印をちらりと見てから私の指に指輪を戻した。

そしてそのまま指先を絡めて、自身の指輪と重ねる。

「期限は一ヶ月、それ以上は待てねぇ。梨枝子が自力で全部思い出した上で、俺を納得させられれば結婚を止めてやる。無理なら諦めて結婚して、俺に愛される。俺の人生狂わせたんだ、相応の報いだろ？　梨枝子」

「狂わせたって、そんな……っ！」

上条さんは私の返事を聞く前に、私の顎を掴《つか》んで口付けを落とした。

有無を言わせないそれは荒々しく、息を吸うために唇を離そうとすることすら許さない。

苦しさのあまり上条さんの胸元を何度も叩いた。すると一瞬は離してくれるけど、私が息を吸ったのを確認してまたすぐに唇を塞がれる。

その間に上条さんの手がスカートに中に滑り込んで、私の腰に触れていた。

「狂ったんだよ、お前のせいで」

責めるような言葉をあえて選びながらも、上条さんの声はとても甘い。

上条さんの指先が秘所に触れ、びくりと震えた瞬間に、その指先が僅《わず》かに沈み込んだ。

「ひっ……あっ」

それだけで電気を浴びたみたいに全身に刺激が走る。上条さんは怖いくらい優しく微笑んだ。

「いい子だ、梨枝子」

その言葉と共に、上条さんの指先が内側に入り込む。まだキスをされて少し触れられただけなのに、私の身体はあっさりと指先を受け入れてしまう。

記憶を失って目を覚ました日に抱かれた時もそうだった。私の身体は「何か」を覚えている。服越しにも伝わってくる上条さんの引き締まった体躯が持つ熱と、それが身体に触れる感覚。無造作なようでいて、私の身体を知っている長い指先。時折鼻孔を掠《かす》める整髪料と汗の匂い。

私は上条さんのことを知っている。

「すっかり馴染んだな」

入り込んだ指が内側を撫でる。

私の弱い部分を知っている上条さんはそこを何度も責めながら、同時に花芯を軽く押すようにして弄ぶ。

お腹の底がじりじり熱を帯び始め、やがてそこから迫り上がってくる疼《うず》きが、大きなうねりになって爆ぜた。

「んンっ！」

思いっきり走った後みたいに息が乱れて、脳が白一色に支配される。切れ切れの嬌声《きょうせい》がどこか遠くから聞こえてきた。

「今のでイくか。まだ指一本だろ？」

愉悦《ゆえつ》を含んだ上条さんの声さえも霧の向こうから聞こえるようで、私は応えることができずに呆然と天井を見上げた。

挿れられる指を増やされる。入り口を広げるように開かれた指が内側をかき乱し、私の視界が何度も白く染まった。

それすらも刺激になって、私の脳を痺れさせた。

しばらくして指が抜かれたけれど、同時にショーツがずり下ろされ、濡れた秘所が空気に触れる。

「続けるか？　イきすぎて疲れたならやめてやる」

そう言いながら上条さんはブラウスのボタンを外して、露わにさせた胸の頂に舌先で触れた。

既に息が乱れきっているのは確かで、これ以上されたら身体が保たない気がした。

けどお腹の底で煽られた熱が、解放されずに渦巻いて私の内側を焼いている。

「欲しいなら言え。満足するまでイかせてやる」

上条さんはベルトを外して正面をくつろげる。

真っ直ぐ屹立《きつりつ》したそれに浮き出た血管。その触感から形状まで、私は全て知っている。

身体に刻み込まれた記憶が、上条さんを求めていた。

太腿にそれが触れただけで、私の身体は何かを期待して震えた。

「欲しいか？」

その問いと共に、花芯に先端を擦り付けられる。

私は上条さんを見上げてゆっくり頷いた。

上条さんは満足げな微笑みを浮かべる。

そして私の膝の下に腕を回して脚を開かせると、すっかり濡れた入り口に先端を当てがった。

これからされることは連日上条さんに抱かれ続けているからわかっている。でも、何度目だろうとここから先の刺激に飢えた私の身体は期待に震えるばかりだ。

「挿れるぞ」

上条さんはそう言うなり、私の中に自身のものを沈める。ゆっくりと最奥まで達したそれは、内側から私を圧迫する。

「あっ……んんっ……！」

僅《わず》かに身動ぎするだけで擦れて、自分の内側がヒクリと痙攣しているのがわかった。

それは上条さんにも伝わっているのか、時折余裕のない吐息が耳元で聞こえてくる。

「もうすぐだ」

そう言って上条さんは腰を押し付け、さらに深く沈めた。

先端が奥に触れる感覚。

「ひっ……」

そのまま最奥とその手前を行き来するような抽送《ちゅうそう》が始まった。

ゆったりとした動きはじりじりと私の内側を炙って、蓄積された熱はやがて全身に快楽となって広がる。

上条さんから与えられる全てのものが刺激になって、肌を撫でる空気さえも私を責めるようだった。

最初に達してしまった時からずっと、震えが止まらない。上条さんに支えられていなければ今すぐにでも倒れてしまうだろう。

頭の中はもう上条さんのことばかりで、いっそひと思いにぐちゃぐちゃにしてほしい。そう考えてしまうだけでも、期待した身体がひとりでに疼《うず》く。

「さっきからイきっぱなしだな。最高だ、梨枝子」

上条さんの唇が私の口を塞ぐ。嬌声《きょうせい》が上条さんの口の中に消えて、溢れた唾液が頬を伝った。

息が苦しくないよう、啄むような口付けを繰り返されたあとに唇を離されて、上条さんと目が合う。

「み、みないで……」

自分が今どんな顔になっているのか全くわからない。先ほどからずっと感じてばかりの、情けない顔を見られるのが恥ずかしかった。

上条さんの表情が崩れていないことも、その羞恥に拍車をかける。

隠そうと俯いても、上条さんの壊れ物に触れるような、けれど抵抗を許さない手付きに妨げられる。加えてその間は抽送《ちゅうそう》が奥を抉るように押し込む動きに変わり、私の思考をさらに鈍らせた。

「駄目だ。お前が感じてる顔は全部、見せろ」

上条さんはそう言って一度自身のものを抜いた。

支えを失いずるずると崩れ落ちそうになった私の身体を支え直して、再び奥へと抽送《ちゅうそう》を始める。

今度は激しく肌と肌がぶつかり合う。上条さんのものが何度も私の内側を抉り、その度に意識が飛びそうになるほどの痺れが全身を駆け巡った。

「やあっ……んんっ！」

喉は枯れそうなのに、漏れる声は自分のものと思えないほど甘く湿っている。

何度も達してしまったせいかひどく漏れる声を止めようと顔に持っていった手は上条さんに掴《つか》まれて、頭の上で押さえ付けられる。

「見えねぇだろ」

不満げな声と共に、奥を貫かれる。

上条さんのものが内側でビクリと震えて、さらにその熱と質量を増した。

そのまま何度も奥を突かれ、感じることに意識を奪われた私の腕からは、すっかり力が抜けていた。

肌と肌がぶつかる湿った音と嬌声《きょうせい》だけが、静かな空間に響く。

「ぐっちゃぐちゃだなぁ、梨枝子」

上条さんは震える私の下腹部を優しく撫でながら、恍惚《こうこつ》とした表情で私を見下ろす。

「このまま大人しく俺のモンになれ。俺が紳士的でいられるうちに」

「そ、れは……」

まだ回答なんてできない。けれどその圧倒的な強制力を持った言葉に頷きかけた私がいた。

何も返せないまま、ただ荒く乱れた息を吐いて上条さんを見上げることしかできない。

「ひっ……んあっ！」

奥に押し込まれてビクリと身体が跳ねる。そのまま首元に口付けを落とされて中のものの角度が変わり、それすら快楽に変換されてしまう。

私の身体は確実に変わってしまっていた。

『二度と出ていくなんて言わせねぇ』

頭の中に響く声と、鈍い痛み。

激しく奥を突かれて、どこからか漏れてくるように脳を侵すそれは、記憶にあるようでない出来事だった。

『お前と結婚するのは俺だ』

余裕のない、責めるような言い方だった。

今と記憶が入り乱れて、過去と同時に犯される……

◆

ようやく解放された後も、疲れ果ててその場に崩れ落ちたまま動けない。上条さんはそんな私を満足げに見下ろしている。

そのまま腰と膝の下に腕を通されて、ひょいと持ち上げられた。

あまりにも自然な動作に、私は抵抗する事を忘れてそのまま呆然と上条さんを見上げることしかできなかった。

「布団で休むか？　いや、その前に風呂か」

優しい声音に、落ち着き始めていた心臓が跳ねる。

上条さんは私が返事をしなかったからか、自身の言葉に納得して私を抱き上げたまま階段を進み始めた。

重くないのか、そんなことより重要な問題があるはず……って、問題ありまくりだった。

「え……やっ、ま、ってください！　ふ、服を……」

ボタンは外されて、下着もずれたまま。スカートの下は何もない。乱れきった着衣は、どこからどう見ても事後だった。

こんなの誰かに見られたら……

「見たやつは消すから安心しろ」

いや、安心要素ゼロなんですが。むしろ不安でしかない。

「自分でっ、自分で歩きますから下ろしてください」

「俺が運んだ方が早い」

「でも、重く……」

「梨枝子が重いわけねぇだろ」

全然引いてくれない。

そんなことを言っている間に、着いてしまった。

幸い廊下で誰かとすれ違ったりすることはなかった。本当によかった。

上条さんは脱衣所で私を下ろしてくれる。

「ありがとうございました。じゃ、じゃあ私、お風呂お借りしますので……え」

そう言っていたら、上条さんがシャツのボタンを外してスーツを脱ごうとしていた。

「どうした」

脱衣所の明かりに照らされた肉体は鍛え上げられて、古そうなものからまだ新しいものまで、大小様々な傷痕が刻まれていた。

こうしてじっくりと上条さんの身体を見るのは初めてで、なぜか緊張する。上条さんが腕に入墨を入れているのは知っていたけど、蛇の模様だったのは知らなかった。

そちらに気を取られて、上条さんが一緒に入る気でいるとわかったのは、上条さんに聞かれた時だった。

「入らねぇのか？」

「えっ、いや、自分で入れますから……」

「今更恥ずかしがることはねぇだろ。先入ってるから、来いよ？」

そう言い残して上条さんは浴室に消えていった。

檜《ひのき》の香りを纏《まと》った湯気が頬を掠《かす》める。

「一緒に、お風呂……？」

一度、私が入っている時に上条さんが来たことはあったけど、お風呂で何かあったのはそれきりだ。

私は浴室の方を見ながらしばらく固まっていた。

この数日の間に上条さんとは散々してるけど、改めてとなると恥ずかしい。

出てくるのを待った方がいいのか。

いや、上条さんのことだから、むしろそんなことしたら怒られる？

少し悩んだけど、どうするべきかはわかっていたので、ほとんど決断するための時間だった。

私は服を脱いで、棚にあったタオルを取る。

タオルで正面を隠しつつ恐る恐る浴室に入ると、上条さんはちょうど身体を洗っていた。

「一緒に洗ってやる。ここ座れ」

示されたのは、上条さんの膝の上。

「じ、自分で洗います！」

「洗わせろ」

そんなこと言われましても……けれど、上条さんの口調は断固として譲《ゆず》る気はなさそうだった。

上条さんの膝の上……

男らしい筋肉の浮き出た逞しい太腿は濡れていて、浴室の明かりを反射してテラテラと光っている。

先ほどまでの行為の名残りか、ぞわりと全身が粟立つ。あの肌に触れて、押されて、これを鎮《しず》めたい。

私はどうしてしまったんだろうか。

蛍光灯に誘われる羽虫のように、私はふらふらと上条さんの膝の上に座る。

温かく固い筋肉の質感に、私はゾクゾクしていた。

「懐かしいな」

「懐かしいんですか……？」

過去に同じようなことをしているんだろうか。先ほどから感じる妙な胸の高鳴りは、その記憶のせいなんだろうか。

そんなことを考えていると、シャワーの柔らかな温水が頭にかけられる。髪の根本まで行き渡らせるように優しく髪をかきあげられたりしながら、腕、腰、大腿と濡らされていく。

それがどうにも手慣れていて、太腿の上に座っているという不安定な状態なのに、上条さんは手を止めることもなく、流れるようにシャンプーを手に取って私の髪に馴染ませる。

シャンプーを洗い流した後は、泡立てられたボディーソープが、全身に広げられた。肘の内側、脇の下、脇腹、足の指先に至るまで、全てを上条さんに預けて促されるままに、私は身体を差し出していた。

やがて泡を纏《まと》った指先が脚の付け根に到達した。

それはそのまま皮膚の上を滑るように動いて、指先が花芯に触れる。

「んっ……」

身体を洗われている。ただ、それだけのことだと思い込もうとしても、身体は一度知ってしまった快楽の味を忘れられずにいる。

上条さんの指先は秘所のひだの間を縫うように動き、泡を纏《まと》わせる。

「どうした？」

上条さんは指先をいやらしく動かしながら、私の肩に顎を乗せて耳元で囁く。

「欲しいなら、いつでも応えてやる」

腰の辺りに何かが触れた。誘うような動作に、本能が応じそうになる。

私は首を小さく横に振った。辛うじて残っている理性が、後戻りができなくなると訴えてきたから。

上条さんは少し残念そうにしながらも特に何か言うこともなく、全身の泡を洗い流した。

そのまま私の身体を持ち上げて、湯船に浸かる。

「あ、ありがとうございました……？　あの、そろそろ離していただけませんか」

洗われている間も今も、上条さんは私を離してくれない。腰に軽く腕を回されていて、締め付けられているわけではないけど、その中から抜け出せないでいた。

どうしたものかと上条さんの腕を見た時、自分の脇腹が目に入った。少し身体をひねると、上条さんの腕の間から僅《わず》かにあの楕円形の痣《あざ》が覗いた。

「上条さん、これ……」

この痣《あざ》について何か知らないか。痛みも特になく、私の記憶喪失と直接関係はないにせよ、記憶がない期間にできたものであることは間違いない。

そう尋ねようとした時、上条さんも私の視線の先に気付いたらしい。僅《わず》かに身体が震えて、私を抱く腕に力がこもった。

「痛い思いした時のことを思い出す必要はねぇだろ」

「でも、どうしてできたのか気になるんです」

この痣《あざ》はぶつけたとかそういうレベルじゃない。私の身体にいったい何があったのか、それは私自身のためにも知っておくべきだ。

そう言うと、上条さんは長く息を吐いた。

「……撃たれた。俺と一緒にいる時に」

「そ、うですか……」

驚いたけど意外ではなかったからか、それ以上の反応ができなかった。

ヤクザでしかも若頭なんて人と一緒に歩いていたら、そんなことも起こるのかもしれない。記憶を失ってから今まで、まだこの状況にどこか現実味がないせいか、あっさりと受け入れられてしまった。

「消したいなら、できる限りのことはする。完全には難しいだろうが、目立たないようにするくらいできるはずだ」

「そこまでしていただかなくても……」

誰かに見せるわけでもないし、ここ一年の間の出来事なら、時間が経てばもう少し薄くなったりするかもしれない。

それに、たぶん整形手術になるよね？　皮膚切ったりするの怖いし痛そう。

「なんだろうって気になっただけですから、大丈夫ですよ」

「だとしても、消したくなったら言え。その傷は……俺の責任だ」

上条さんは私の身体を抱き寄せて強く抱きしめる。どうやら、上条さんの記憶の方を抉ってしまったらしい。

「二度とお前を危険な目には遭わせねぇって言ったのにこのザマだ。情けねぇよな」

「で、でも、ちょっと記憶がないだけで体は特に問題無いですから……」

「俺のやり方が甘かったんだろうな。お前の身体にそんな傷まで残させて、次は記憶まで失くさせた。ちゃんとしねぇと、梨枝子がいなくなったら俺には何も残らねぇんだから」

上条さんは早口に言葉を続けるけれど、私の耳にうまく入ってこないからわからない。

なんとなく怖くなった私は上条さんの腕から逃れようともがく。けど、上条さんの腕が緩むことはなかった。

「上条さんっ……！」

「全部忘れたんだとしても、お前がいてくれればそれでいい。俺のものであってくれれば。それなのにどうして出て行こうとするんだ。身体に覚えさせるだけじゃ足りねぇのか？」

「外に出れば何か思い出すかもと思っただけで、逃げるつもりは……」

「逃げる？　どうして逃げる必要があるんだ？　兄貴に何を吹き込まれた？」

「そうじゃなくて……んっ！」

温かいはずのお湯が急に氷水のように冷たく感じた。上条さんは弁解しようとした私の口に人差し指をねじ込む。

「安心しろ、梨枝子。もう誰にも手出しはさせねぇ。護衛も増やす。ちょっと不便だろうが、お前のためだ」

上条さんの声は優しい。指先で歯列を柔くなぞりながら、子どもに語りかけるように言う。

「全部俺が片付ける。何も不安に思わなくていい。ただ俺のところにいてくれれば、絶対に不自由はさせねぇよ」

そう言って上条さんは私の頬に手を添えて顔を横に向けさせると、唇を重ねて貪《むさぼ》るように口付けた。

やがて私の息が上がってきたころ、そろそろ出るか、と問われて私は頷いた。

上条さんは壊れ物でも扱うように私を抱き抱える。

脱衣所では柔らかなタオルで身体を拭かれて寝巻き代わりの浴衣を着たあと、ドライヤーで丁寧に髪を乾かしてもらう。

途中で我に返った私は上条さんに言ってドライヤーを借りたけど、それまでまるでお嬢様になったような、お嬢様でもそこまでされないんじゃないかという徹底ぶりで、それくらいに上条さんは手慣れていた。

どうしてここまで手慣れているのか。それを聞くのもなぜか怖かった。

◆

水の中から掬《すく》い上げられるようにふっと目が覚めた。

どうやらお風呂から出たあと、敷いてあった布団に倒れ込んで寝てしまったらしい。

時計を見ると夜の十一時を回っていた。

同時にお腹が鳴って、そういえば喫茶店《ロード》でお昼ごろにオレンジタルトを食べてから何も食べていないことに気付いた。

台所を借りて何か作ろうかな。そう思って廊下に出る。明かりが漏れている部屋があったので、台所と食材を使っていいか尋ねようと襖《ふすま》に手をかけた時、中から上条さんの声が聞こえてきた。

誰かと話をしているらしい。誰がいるんだろうと隙間からのぞき込んでみると、上条さんのほかに……五人、かな？

「……まだ出てこねぇのか」

「はい。梶島《かじしま》の爺さんのところでも躍起《やっき》になって探してるみたいなんですが」

この声は……寺前さんかな。他にも何人か、知らない人の声がしている。

「あの女、いなくなっても邪魔しかしてきませんね」

そういえば、上条さんが条元さんと話をしていた時も『あの女』が出てきた気がする。私の記憶喪失と何か関係があるんだろうか。

何か思い出すかもしれない、と私は聞き耳を立てることにした。

「あっちが関わってるって話もありますけど、あの人が姐さんを殺そうとしますかね」

「意見が割れたのか、あの女が暴走したのか、何にせよ、腕くらい見つかりゃ話は早いんですが」

「姐さんが何か覚えていれば……っ、失礼しました」

誰かが慌てた様子で謝る。

私の記憶について触れようとしたからなのか、その後の上条さんの声に苛立ちが混じった。

「梨枝子の記憶が戻れば話が早いのは確かだ。だが、それであのジジイが納得するとは思えねぇ。それに梨枝子にあの惨状を思い出させる気か？」

「で、ですが見つからないとなると、あとはあの女が連んでた半グレですが、散り散りに活動してるようで今回の姐さんの件とは無関係なやつが大半かと」

「あとそいつらですが、関連グループが詐欺で摘発寸前らしいです。警察の目も厳しいので、むしろ関わりたくないんじゃ……」

「ジジイの方を黙らせた方が早いなら、潰しとくか。古参とはいえ全盛期はとっくに過ぎてる」

上条さんたちは私の知らない世界の話をしているようだった。けれど、その中心にいるのはどうやら私らしい。

何かに巻き込まれた？　でも、私を殺そうとしたって話も出てたし、私が狙われた？

そうだ、条元さんは誘拐って……上条さんとお付き合いしてたから？　でも、私は結婚が嫌で上条さんから逃げたのかもしれなくて……

ダメだ。何も思い出せない。

それに半グレとか詐欺とか潰すとか、どうして私がそんなことに関わりを……

盗み聞きなんてしない方がよかったのかもしれない。上条さんが言う通り、記憶も失ったままの方が幸せなのかも。

襖《ふすま》に添えていた手が震えて、カタンと音を立ててしまう。

「誰だ!?」

鋭い声と共に、勢いよく襖《ふすま》が開く。

立っていたのはよく顔は見るけど名前は知らない、上条さんの部下の人。

「あ、姐さん？　どうされたんですか」

しまったという表情でその人は私を見る。

怒鳴ってしまったと思っているんだろう。上条さんの表情も硬い。聞き耳を立てていたのは私なので、ここは先に謝った方がいい。

「す、すみません。台所を借りたくて、使っていいか確認しようと思ったらこの部屋の電気がついていたので……」

部屋の奥にいた上条さんが立ち上がって私の前に立つ。

思わず身構えた私の頭に、上条さんの手が乗った。

「わざわざ聞く必要はねぇよ。元々使ってただろ……忘れちまったんだろうが」

確かにここに住んでいたなら、普通に使っていたのかもしれない。

上条さんは先ほど私を怒鳴ってしまった部下の人に案内させるからと言った。

「何か作るのか？」

「少しお腹が空いたので、あるもので軽く作ろうかなと」

「そうか。できたらでいいんだが、俺の分も頼めるか？」

「は、はい。もちろん」

目が覚めてから家事らしきものが一切できていないので、そう言ってもらえるとむしろありがたい。私の料理がこの方の口に合うのかわからないけど。

でも、嬉しそうだからいいのかな。とりあえず、案内してくれる部下の人、江原《えはら》さんもほっとしてるから、お咎《とが》めもなさそう。

「作ったら先に食って休んでいいからな。こっちがまだかかる」

こんな時間だけど、部屋には他にも六人ほど集まっていて、まだしばらく話し合いが続くらしい。

私は黙って頷いた。

上条さんが元の位置に戻ると、台所に案内するからと江原さんが部屋から出てきた。

お礼を言ってついて行く。台所の場所はなんとなく検討がついていたけれど、広いお屋敷だからレストランの厨房みたいで、私なんぞが使っていいのかわからなかった。

けれど案内されたのはお屋敷の少し奥にある、給湯室くらいの小さい台所。こんなところもあったのか。

「広い方もあるんですが、姐さんはこちらを使われていたので……足りないものはおっしゃっていただければ手配します」

「こんな時間ですしあるもので大丈夫ですよ」

冷蔵庫を開けてみると、牛乳、玉子、ベーコン、豆腐、味噌、ヨーグルト等、結構色々なものが入っていた。誰かが定期的に買っているのか日付も新しい。

野菜室にもキャベツやトマトが入っているし、玉ねぎやじゃがいもは床下に。冷凍庫には餃子やパスタとかの冷凍食品から冷凍パイシート、きのこまである。引出しにはコンソメや鶏がらスープ、海苔、素麺……十分すぎるくらいだ。

そして冷凍庫の中を見て確信したけど、江原さんが言ったとおり、私はここでつい最近まで料理をしていたらしい。冷凍食品に混じって下味をつけた鶏肉や豚肉があったから。安かったからと大量に肉を買い込んだ時に私がよく使う手だ。

とにかく、これだけあれば大抵のものができる。けどこんな時間だし、がっつりしたものはちょっとな。

「……どうされました？　何か足りませんか？」

どうしたものかと考えていると江原さんが不安げに尋ねてきた。

「いえ、こんなに色々あれば大丈夫です。何を作ろうか悩んでるだけで……」

とりあえず自分用に軽く食べられるもの。あったかいものがいいな。そうだ、上条さんの分。作るのは構わないけど、好みとか聞いとけばよかったかな。

「あの、上条さんのお好きなものご存知ありませんか？」

「若のですか？　姐さんの作ったものは何でも食べていたような……ああ、夜食なら確かじゃがいもを潰したスープみたいなやつを姐さんがよく作っていましたよ」

じゃがいもを潰したスープって、ポタージュかな。確かに小腹を満たすのにはちょうどいいかもしれない。冷凍して作り置きできるからよく作ってるし。

ストックしておけば飲み会の翌朝とか、何もしたくない時に便利。

そうと決まればさっそくじゃがいもと玉ねぎを切って、じゃがいもは電子レンジで柔らかく。玉ねぎはバターで炒めて、いい色がついたら水とコンソメを入れて少し煮込む。

そこにじゃがいもを入れて火が通ったら、一旦火を止めて、牛乳と少量の小麦粉を入れてブレンダーで混ぜてほぼ出来上がり。あとは温めつつ塩胡椒でいい感じに味を整える。

トッピング用に細かく刻んでカリカリに炒めたベーコンも作っておいたので、自分の分を器に移してから最後に乗せる。

とろっとしたスープに浮かぶ、香ばしい色のベーコン。うん、我ながらいい感じにできた。

「やっぱり姐さんの作るものは美味そうですね」

「多めに作ったので、江原さんもいかがですか？」

余ったら冷凍しておけばいいからと、あんまり出来上がりの量を考えていなかった。

それにできたての方が美味しいよね、と思ったけど、江原さんはすごい勢いで首を横に振った。

「俺なんかが姐さんの料理食べたら、若に殺されます」

本人がいいと言っているのに……？　まあ、そこまで言われてしまっては勧められない。

自分だけ食べるのはなんだか申し訳ないなぁと思いつつ、お腹は空いているので早速スプーンで掬《すく》って食べる。玉ねぎの甘みとじゃがいものほっくりした風味。うん、美味しい……ん？

何かが頭をよぎった。感情っぽいものだけど、これは……恥ずかしさ？　どうにも心が落ち着かなくてソワソワする。

「美味そうな匂いしてるなぁ」

そう言いながら上条さんが台所にやってきた。そして私が食べている器を覗き込むと、嬉しそうに微笑んだ。

「これ美味いんだよな。俺のもあるのか？」

その表情がとても優しくて、それが嬉しくて、誇らしくて、スプーンを動かす手が止まる。どうしようもなく、心が揺さぶられていた。

「……どうした？」

「えっと、その……これ、お好きだと聞いて……」

いや、好きとは言ってなかったな。よく作ってたってだけで。

何を自惚《うぬぼ》れているのかと私は自分に言い聞かせる。

「お口に合うかわかりません！　材料も全部目分量ですし」

「梨枝子が作るもんは全部美味いだろ」

上条さんはそう言ってなぜか江原さんを睨む。何かを察した江原さんは慌てて頷いた。

「姐さんの料理は美味しいですよ」

「江原お前、食ったのか？」

「え……いや、こ、今回は見ていただけです！」

「……今回は？」

なんだか理不尽に責められて、次は首を横に振る江原さん。

大丈夫かな、首振りすぎて脳震盪になったりしないだろうか。

「上条さんの分も用意しますね！」

とりあえず矛先を変えてもらおう。

器を用意する間に少し温めて、よそったらトッピングのベーコンを乗せる。

スプーンと合わせて机の上に置くと、上条さんは何か言いたげながらも着席した。

「で、では俺はこれで……」

江原さんはそう言い残して逃げるように台所を出ていった。なんだか申し訳ない。

また何か作ったら差し上げよう。

台所の扉が閉まったのを確認すると、上条さんはスプーンを手に取ってポタージュを掬《すく》い、飲み込んだ。

味を確かめるように舌で転がしたあと、上条さんはなぜかひとり納得したように頷いて、再びポタージュを掬《すく》う。

「懐かしいな、この味」

「そうなんですか？」

この一年の間に作り方を変えたんだろうか。改めて自分の器のものを飲んでみる。馴染みのある味だ。私が作るポタージュはだいたいこの味。

「最近はイモの量を増やして食べ応えのあるスープにした、とか言ってたな」

とりあえず、少し前の私が作っていたポタージュは、一年前のものとはやや異なるものらしい。改良するくらいよく作ってたのか。

……でも、その理由はわかる気がする。

静かにポタージュを啜っている上条さんの表情は穏やかで落ち着いていた。さっきうっかり乱入した話し合いの時の険しい表情が消えている。

この人に喜んでほしくて、美味しいと思ってほしくて、私は料理をしていたのかもしれない。

そんなことを考えている間に、上条さんは一杯目をすぐに空にしていた。

鍋に残っている分でおかわりを注ぐけど、五人前くらい作ってしまったのでまだ残りがある。

「せっかくなので、欲しい方にお裾分けしましょうかね……」

「必要ねぇ。俺がもらう」

「まだ二杯分くらいありますよ？」

「腹減ってるからちょうどいい」

本人がいいと言っているとはいえ、ポタージュ四杯でお腹を満たすのはどうかと……

「あの、お腹空いてるんでしたら他にも何か作りましょうか？」

「いいのか？」

間髪入れず上条さんは言う。私が頷くと、期待を込めた真っ直ぐな瞳を向けられた。

この人は、こんな顔もするんだ。そのどこか幼い表情に胸が締め付けられる。

何か食べたいものはありますかと尋ねると、上条さんは少し恥ずかしそうに「生姜焼き」と答えた。

第三章

黒い毛玉が、さらにまん丸く毛玉になっている。

私は座布団の上で丸くなって寝ている上条さんの愛犬、コウくんを眺めていた。

少し前までボールで遊んでいたんだけど、お茶を飲みに行って戻ってきたらこの状態になっていた。

「かわいいなぁ」

いけないとわかりつつも、耳を突くとピクリと動くのがクセになる。

とはいえ少し反応が鈍くなってきたので、それ以上はやめておいた。

コウくんは今年で十一歳になるらしい。人間ならおじいちゃんくらいの年齢だ。仔犬の頃に上条さんのお父さんが拾ってきて、高校生だった上条さんに世話を任せたのだとか。

コウくんに関しては私の記憶喪失とあまり関係がないからか、皆さん結構教えてくれる。それに護衛付きで近所だけなら、と上条さんが散歩を許可してくれたので、色々わかってきた。

基準はよくわからないけど、気に入らない人はとことん無視。懐かれているのは主に上条さんと散歩担当の二人の組員さんと、なぜか私。まあ犬は好きだから嬉しいけど。

とはいえ。

「どうすればいいのかな……」

私は丸くなっているコウくんの頭を撫でながら呟いた。その手の薬指には、白金の指輪。

このままの生活を続けても、何も思い出せない気がする。

『期限は一ヶ月、それ以上は待てねぇ。梨枝子が自力で全部思い出した上で、俺を納得させられれば結婚を止めてやる。どっちか一方でも無理なら諦めて結婚して、俺に愛される。いいな、梨枝子』

何も思い出せないから結婚できない、は上条さんに通用しない。とはいえ思い出せても、上条さんを納得させられる自信もないけど……

上条さんに対する私の感情は、うまくまとめることができない。嫌い……ではないと思う。美味しそうに私の作った料理を食べてもらえれば嬉しいし、上条さんとの行為は恥ずかしいけど、不思議と嫌悪感は無い。

けど、引っかかっていることがある。

『だって梨枝子さん、あんなに結婚するの嫌がってたから』

条元さんの言った言葉が、妙にストンと胸に落ちてきたから。私の記憶喪失の原因は、おそらく誘拐。でもそれは、上条さんとの結婚から逃れたかった私の狂言だったかもしれないということ。

確かに上条さんは強引だ。愛されているのだとしても、怖いくらい。

その愛に応えることができないから、返すことができないから身を引こうとしたんだろうか。今の私がそう思ってるみたいに。

……ああ、そんな気がする。この感覚には、なぜか覚えがあった。

コウくんを撫でていた手が止まったその時、突然コウくんが立ち上がった。

「ヴァウ！　ヴァンッ！」

「ど、どうしたの？」

どこかに向かって吠えている。この方向は、玄関？

襖《ふすま》を開けると、コウくんは駆け出していった。その後を追いかけて、私も玄関に向かう。

玄関には人が集まってざわついていた。

その中心にいたのは、上条さんで……

「梨枝子？」

上条さんは私の顔を見て僅《わず》かに目を見開く。

私も、上条さんの顔を見て驚いた。

頬が腫《は》れて、血も滲んでいる。髪も乱れていて、スーツは所々汚れていたり、切れていた。

「なにが、あったんですか……？」

只事《ただごと》ではない殺気立った雰囲気に、私はその場でへたり込んでしまいそうになる。

「大したことねぇよ。傘下《さんか》の組んとこ行ったら面倒ごとに巻き込まれたから、大人しくさせてきただけだ」

それ以上は踏み込むな、そう言われた気がした。

私を巻き込みたくないから。

でも、聞かずにはいられなかった。

「私のせい、ですか」

きっと違うと言われるんだろう。でも、こんな風に拒むのは、私の失った記憶が関係しているから。なぜかそんな確信があった。

案の定、上条さんは「関係ない」と私の介入を拒んだ。

「こんなもん擦り傷だ。ほっといても治る」

上条さんはちらりと私の足元に目をやった。そこにはじっと上条さんを見上げるコウくんがいる。

「……心配性だな、お前は」

そう言ってコウくんに近付くと、その頭を優しく撫でる。

「梨枝子、散歩に行ってやってくれるか。そうしたら落ち着くだろ」

これは、私をこの場から一旦離れさせるための言葉だろう。上条さんは私に怪我の原因について知られたくないんだ。

呆然としている間に、上条さんは中畑さんと他二人を護衛に指名していた。

ここで粘れば何かわかるんだろうか……いや、上条さんの意志は固い。はぐらかされて終わるだけだ。

「はい。行ってきます」

私はそう応えることしかできなかった。

◆

上条さんが怪我をして帰ってきて以来、お屋敷全体がピリピリするようになった。

原因は、このところ頻発している事件だ。

この一週間で、色々な被害に遭っている。

最初は小火《ぼや》騒ぎ。倉庫の外にあった新聞紙や段ボールが外から投げ込まれた火炎瓶で燃やされて、危うく倉庫に燃え移るところだった。

翌日には門に銃弾が撃ち込まれて、入り口側の取手が破壊されていた。

他にも庭に爆竹が投げ込まれたり、壁に落書きをされていたり、組員の人が怪我をして戻ってきたり。

きっと、私が知ってる以外にも起こっているだろう。余計な心配はさせないように、上条さんが手を回しているだろうから。

そのせいでみんな忙しそうにしていて、話し相手も最近はもっぱらコウくんだ。

このままじゃ一ヶ月なんてすぐ終わってしまう。

なんとかして思い出さないと。

それに私の記憶が戻って全てが解決すれば、今起こってる嫌がらせのような行為も止まるかもしれない。

この前立ち聞きした上条さんたちの会話。あの話によると、「あの女」が私を狙っていた……と。

でもその人は行方不明なんだよね。じゃあ今のこの騒動は無関係？　けど、私が思い出せば少なくとも私の誘拐と今回の騒動の関連性の有無くらいはわかるだろうか。

私は握りしめた手を開いて、小さく折り畳まれたメモを開く。

……これは、条元さんからのメッセージ。

あの日、お屋敷に戻ってから、ポケットに入れられているのに気付いた。

書かれていたのは誰かの電話番号とよくわからない四桁の数字で、きっと条元さんのもの。

電話をかける勇気がなくて、とりあえず上条さんに見つからないように隠し持っていたこの番号。

今使わなければ、いつ使うのか。

何か悪いことをするわけじゃない。少し話を聞くだけだ。そう自分に言い聞かせて、番号を入力する。

あとはボタンを押すだけ……えいっ！

接続中のような音の後、コール音が鳴る。

同時に、どこからか着信音が聞こえてきた。

誰かが近くにいるのかと思って咄嗟に通話を切ると、その音も同時に消える。

「まさか……」

私がもう一度その番号にかけ直すと、再びどこからか着信音が。音は私の荷物が入っている棚の方から聞こえてくる。

再び電話を切って、私は棚の中を漁った。

すると、タオルなどを入れている引出しの下の方から一台のスマホが出てきた。ご丁寧にも、私が今使っているものと全く同じ機種。電源を入れてみると、四桁のパスコードを求められた。

電話番号の下に書いてあった四桁の数字はこれのことだったのか。

充電が減っていたので念のために自分の充電器でそのスマホを充電しながらパスコードを入力すると、ホーム画面が表示される。何件か通知がきていて、三件の着信履歴も残っていた。

私がさっきかけたのは二回。じゃあ残りの一件は？

着信履歴を確認する。やっぱり、私が二回かけて、残りの一件は……メモを受け取った日、つまり私がお屋敷を抜け出して条元さんと会った日に、知らない番号からかかってきていた。

このスマホの連絡先の一覧には誰も登録されておらず、唯一の連絡先はこれだけ。

私は部屋の端に寄って何度か深呼吸を繰り返し、その番号に電話をかける。

無機質なコール音。一回、二回、三回……出た。

『はい』

固く強張った声。この声は、条元さんじゃない……？　というか、私はこの声を知ってる気がする。

「あの、あなたは……」

『梨枝子？　その声、梨枝子か？』

やっぱり知り合い、というか……ああ!!

思わず叫びそうになった。危ない。よく堪《こら》えたよ私。

『お、おい、どうした……？』

なんとか落ち着こうとしている間に、電話上では不自然な沈黙が流れていた。

「雄吾……？」

『もともと俺の番号だろ。知っててかけてきたんじゃねぇのか？』

いや、今時個人の番号なんて覚えていない。けれど確かに電話の向こうは、私の「元」彼氏の雄吾だった。どうして条元さんにかけたつもりの電話に、雄吾が出るのか。

『今更何の用だ。俺はお前のせいで……え、社長、この電話は……はい、そうです』

仕事中なんだろうか。雄吾の声が電話から遠くなって、やがて保留音に変わった。

いったい、どういうことなのか。どうして雄吾の電話に？　雄吾とは後輩の女と浮気してたから別れたって……

これについては上条さんだけじゃなくてオーナーも言ってたから事実だろうけど、なんで今ここで出てくるの？

そんなことを考えていたら、保留音が切れた。

「ねえ雄吾、聞きたいんだけど……」

『やあ、梨枝子さん。電話をくれたってことは、俺に何か用かな？』

「え……条元さん？」

さっきの保留の間に代わったんだろうか。そういえば保留音になる前に、社長って言ってたな。

条元さんは確か会社を経営してるみたいなこと言ってたから、雄吾はそこの社員ってこと？

『一週間ぶりだね。思っていたより遅かったから、志弦にバレたのかと』

条元さんは相変わらずの掴《つか》み所のない口調で言う。

その間にも次から次へと疑問が湧いて、次の言葉がすぐに出てこなかった。

『そっちに顔を出してもよかったんですが、俺はコウに嫌われてるので。犬は苦手なんですよ。それに、小火《ぼや》や爆竹のことも聞いています。梨枝子さんは巻き込まれて怪我をしていませんか？』

「け、怪我はしてません。あの、さっき電話に出たの雄吾ですよね？ どうして雄吾がこの電話に……」

『話すと長くなりますよ？ 電話では話しづらいですし、どこかで会えませんか』

「外に出るのはちょっと……」

今の状況では難しい。組員の人たちの目を盗んで抜け出すのは、監視が厳しくなってるから無理だろう。

『そうだね。志弦のことだから徹底してるか。手の届く範囲にいてもらうのが一番確実だから』

条元さんは少し困ったように唸る。

『ところで、どうして俺に電話を？ 何か思い出したの？ それとも、志弦から逃げるため？ 梨枝子さんのためにできることなら、俺はなんだってするよ』

「ええと、記憶はまだ戻っていなくて、思い出すために条元さんが知っていることを教えていただけたらな、と思ったので」

『じゃあ尚更電話じゃ話しづらいね。色々あったから』

一般人の私とヤクザの上条さんが結婚に至るような何か。

確かに電話で全て説明できてしまう内容ではないのかもしれない。

けれど直接会って話をしようにも、外出したいと言っても止められるだろうし、できても監視付きになる。

「電話で教えていただける範囲で構いません。とにかく今は、少しでも思い出すきっかけを、事実を知りたいんです」

『そう言われても、何から話せばいいのか……』

「雄吾がどうして条元さんのところにいるのかとか、私の誘拐についてとか……私が知らない、忘れてしまったことで条元さんが知っていることを教えていただけませんか」

他にも結婚のこととか、どうして条元さんはスマホをお屋敷に仕込んでまで私を気にかけてくれるのか、オーナーと知り合いだったのはどうしてなのか、会話に出てきたあの女とは誰なのか……

ああ駄目だ。全然考えがまとまらない。

雄吾の声に驚いたせいなのか。雄吾と別れた理由の浮気についても、本人に聞きたい。未練……というより、そもそも私の記憶の状態だと雄吾とはまだ付き合ってる。改めて声を聞いたせいで、怒りも悲しみも悔しさもぐちゃぐちゃだ。

『雄吾くんが俺のところにいるのは、志弦が彼を追い込んだからだよ。就職の邪魔をされて路頭に迷ってるみたいだったから雇ったんだ』

「え……追い込んだって……志弦さんが？」

『そうそう。既に梨枝子さんとは別れてるんだから、それはやりすぎだろうと思ってね』

確かに浮気はされたんだろうけど、そこまでしなくても……いや、上条さんならやりかねない。

浮気に対しては柄にもなく繁華街うろついたくらいだから私自身も相当頭にきてはいた……よね？　それで雄吾に対する文句を言ったとか？

ああ、思い出せない。

まるで知り合いの知り合いの噂話を聞かされてるみたいに、実感がなかった。

『梨枝子さんはまだ、一年前から戻ることができていないんだね』

「……はい」

目を覚ましてから二週間以上経った今でも、何もわからない。上条さんや条元さんらしき声の記憶は、あまりにも断片的すぎるし、夢の内容みたいに朧《おぼろ》げだ。

『やっぱり直接話したいね。そうだ、梨枝子さん。俺に考えがあるんだけど、志弦が留守にするタイミングを教えてくれないか？』

「えっと、明後日はいらっしゃらないと聞いています」

上条さんのスケジュールは正直なところよく知らない。日中でもいたりする時もあるし、夜中に出かけている時もある。

とりあえず明後日については遠方で会合があるとかで、夕飯もいらないって上条さん本人が言ってたからわかるけど。

『わかった。ありがとう』

その時、電話の向こうで条元さんが低い声で短く笑った気がした。

『じゃあ明後日の十四時に、玄関の外まで出てきてくれないかな？　難しい？』

「玄関、ですか。門の外じゃなくて……？」

『とりあえず屋外に居てくれればいいよ』

それくらいなら、理由として手っ取り早いのはコウくんの散歩だけど……犬が苦手ならやめた方がいいよね。外の空気を吸いたいからと言えばなんとかなるかな。

『大丈夫。俺を信じて？』

「は、はい……」

いいんだろうか。条元さんを信用して。でも、上条さんだって何も教えてくれない。仮に条元さんの話が嘘だとしても、何かを思い出すきっかけくらいにはなるかも……

その時だった。

「姐さん、中畑です。少々お時間よろしいでしょうか」

「え……あっ、はい。ちょっと待ってください」

咄嗟にスマホのスピーカー部分を塞ぎながら返事をして、小声で条元さんに謝った。

「すみません、切ります」

私はそこで通話を切って、スマホをその場に伏せた。

◆

いったい、条元さんの考えとは何なのか。

結局、あれから条元さんとは連絡が取れていない。何度かかけてみたけど出てもらえなかったし、向こうからの連絡もなかった。

少し遅めの昼食をとり終えて、今は十三時半過ぎ。そろそろ外に出ないと。

なんでもないふりをして、玄関の方に歩いていく。

案の定、靴を履こうとしたところで中畑さんに止められた。

「姐さん、どちらへ？　今は危ないので、お部屋にいていただきたいのですが」

「ちょっと散歩に……」

「お一人ですか。まだコウさんの散歩の時間でもありませんよね」

やっぱり散歩は駄目か。まあ、条元さんは屋外に居てくれればいいとしか言ってなかったし、門の外に出るのは諦めるしかないか。

あんまり変な言い訳して怪しまれたくないし。

「外の空気を吸いたいなと思って……門の外には出ませんから。今日は天気もいいですし」

少しくらい外に出たいというのは本音だ。このところずっと部屋でゴロゴロしてるかご飯とかお菓子作って気を紛らわせたりしてるだけだったから。

中畑さんは少し考えるそぶりを見せると、念のために外を確認すると言って、ちょうど近くにいた別の人を連れて外に出ていった。

靴を履きつつ待っていると、しばらくして戻ってきた。

「とくに不審なものもなかったので問題ないかと。ですが念のため見張りを増やしたいので、少々お待ちください」

そう言われた時には既に五十分近くになっていた。あと十分しかない。

「そこまでしていただかなくても」

「姐さんに万が一のことがあれば、若に顔向けできません」

「でも……」

ただ外に出るだけなのに。そう言いかけて、やめた。焦っているように見られて怪しまれたら、条元さんが困るかもしれない。

私は中畑さんが準備を終えるのを待った。

「では、どうぞ」

そう言われた時には、約束の時刻まであと二分に迫っていた。

ちょっとため息をつきながら外に出る。門の前や塀の角に黒服の人たちが立っていた。

過保護すぎる気がしたけど、小火《ぼや》とか爆竹のことを考えるとこの警戒っぷりも当然かもしれない。

でも、ここまで警戒されて、条元さんは大丈夫なんだろうか。

私はぐるりと辺りを見回す。丁寧に手入れされた木々や車庫、敷き詰められた玉砂利、固く閉じた門。

どこかに隠れていたとしても、中畑さんに見つかるだろうし、入ってこようにも門も塀も見張られてる。直接話をするなんて、絶対に無理だと思うんだけど……

そんなことを思っていたら、突然鼓膜《こまく》を震わせる大きな音と共に、白色の何かが塀の向こうから飛び出してきた。

「姐さんっ！」

近くにいた中畑さんが駆け寄ってきて、私の前に立つ。

白色の何かが私の真上に浮かんでいた。

「ドローン……？」

六つのプロペラが激しく回転して巻き起こす風が髪を乱した。

機体の下には、両手ほどの大きさの箱がぶら下がっている。

「姐さん、部屋にお戻りください」

中畑さんがそう言った瞬間、箱が開いた。

真下にいた私への直撃を防ぐためか、中畑さんは私の身体を別の人に向かって突き飛ばす。

大丈夫だろうかと突き飛ばされた先で中畑さんの方を見ると、耳元を何かが掠《かす》めた。

それはドローンが巻き起こした風でくるくる回りながら、ヒラリと地面に舞い降りた。

「写真？」

それも一枚や二枚じゃない。

数十枚、いや百枚近くあろうかという写真が、庭にばら撒《ま》かれていた。

私は近くにあった一枚を拾い上げる。

写真に写った人物を見た瞬間、私は脳を直接叩かれたような衝撃を感じて、咄嗟に地面に放り投げた。

息が苦しい。心臓の音がうるさくて、中畑さんが何か言っているみたいだけど聞こえなかった。

地面に視線を落とすとまた別の、でも同じ人物を写した写真が目に入った。

綺麗な女の人。少しきつそうな目元に、赤い唇が印象的なその人は、自信に満ちた笑みを浮かべている。

そして信じられないことに、その女性の隣には私も写っていた。どこかのお洒落なお店でお茶をしながら、記念に撮影したものらしかった。

「どういうこと……?」

私はこの女性を知っている。知っているはず。でもわからない、怖い、この人が? どうして。

怖いのに、なぜか悲しい。

先ほどから頭の中で甲高い声がする。責められてる? いや、それだけじゃない。笑い声? 私はこの人と……

「……さん! 姐さん!」

肩を軽く揺すられて、私はハッと顔を上げる。

女性の顔が目に入らなくなったからか、頭の中で響いていた声は途切れた。

けど、うるさく鳴る心臓はまだ治らない。いつの間にか頬を伝っていた冷や汗が、私の受けた衝撃を物語っていた。

◆

その日の夜、上条さんはお屋敷に戻ってくるなり私のところにやってきた。

ズキズキと痛む頭を押さえて、横になっていた私は起き上がった。

「梨枝子、何があった」

「よくわかりません。写真を見たら気分が悪くなって……」

頭の痛みは思い出すことを拒絶しているような感じがする。考えるのをやめろ、と脳が言っている。

けど、そう簡単にあの衝撃は頭から離れてはくれない。

「あの女の人は誰なんですか」

落ち着いてから条元さんに電話をしたけど、何のことかわからないと言われてしまった。直接話をしに近くまで来ていたけど、騒ぎがあったようだからやめた、と。

それ以上は電話を切られてしまって、聞くことができなかった。

だから上条さんに聞くしかない。

たぶん、というか間違いなくあの人は上条さんたちが「あの女」と言っていた人だ。

「……何か思い出したのか」

「思い出すために、教えてください。事実を」

「それはできない」

「どうして……！」

結婚を嫌がっていたからですか、喉元まで出かかったその言葉をなんと押し込んだら、その代わりに鼻の奥が痛んで涙が零れた。

「梨枝子が苦しむのを見たくない」

「思い出せないことの方が苦しいんです。私が全て思い出せば、今の状況も解決するんでしょう？」

真っ直ぐに上条さんの瞳を見据える。その暗い色の瞳が揺らいだ。

「記憶を失う前に、私は誘拐されたんだと聞いています。それに『あの女』が関わっていると。写真のあの人が、私を攫ったってことですか」

「……そうだ、あの女が梨枝子を攫って、港の廃事務所にお前を監禁した」

鼻の奥に潮風の匂いが甦る。暗く湿った空気は肌をベタつかせた。

背筋に冷たいものが走り、頭の中で鐘が打ち鳴らされているように酷い耳鳴りがしていた。

上条さんが言うように、海辺で何かがあった。それは間違いない。暗くて、狭くて、怖くて、あとは……

「やめろ、梨枝子」

濁った思考の沼に落ちようとしていた私の肩を、上条さんが掴《つか》んで軽く揺する。

「思い出せるかもしれないんです」

「記憶喪失になってまで忘れようとしたんだろ。どうして思い出そうとするんだ」

「上条さんこそ、どうして忘れたままでいてほしいんですか。忘れていた方が、都合が良いからですか……っ！」

私はそこで慌てて口を閉ざしたけれど、出てしまった言葉は取り消せない。

上条さんの目を見ることができなかった。

失望されただろうか。怒らせてしまっただろうか。

いや、結婚したくないなら気にしなくてもいいはず。上条さんと私じゃ釣り合わない。

だからいっそこのまま、失望してくれればいいのに……こんな風にしか考えられない、ただの自分勝手だ。

私の肩を掴《つか》む上条さんの手に力がこめられる。喉が勝手に短い悲鳴を上げた。

「ご、ごめんなさ……い」

感情がぐちゃぐちゃだ。自分が嫌で、申し訳なくて、けれどどこか安心している私もいる。

「都合が良い、か。そうだな、忘れろ。全て」

上条さんは私の身体を抱き寄せると、強引に唇を重ねた。捩じ込まれた舌先が歯列をなぞって、抵抗しようとする私の舌と絡み合う。

混ざり合った唾液が口の端から零れて、顎を伝って落ちていく。

「何もかも忘れて、俺のものになればいい。俺以外のことを考える必要がないように、徹底的に愛してやる」

再び唇が重ねられる。貪《むさぼ》るようなそれは、逃さないという絶対的な意思表示だった。

◆

斜め前で真っ黒でもふもふな尻尾が揺れている。丸みのあるふわふわしたお尻を眺めていると、胸の辺りから愛おしさが溢れてくるので、やはり可愛いと毛玉の組み合わせは最強である。

楽しそうに開いた口からはクリーム色の牙と垂れた舌が覗いて、ちらちらとこちらを見返す黒い瞳は黒曜石のよう……と、コウくんの可愛さで脳機能を麻痺させることを試みたけど、やっぱり無理そうだ。

私はコウくんのリードを持って未だ見慣れない川沿いをてくてく歩いていた。

過保護な上条さんのことなので一人と一匹ではなく、当然のごとく護衛として二人のヤクザさんが同行している。

私の数歩前と斜め後ろに一人ずつ。どちらも黒いスーツとそれ越しでもわかる鍛えられた体躯、そして一人は角刈り、もう一人はスキンヘッドといかにもすぎる出立ち。

そんな方々が常に鋭い目で周囲を警戒しているので、すれ違いそうになってしまった可哀想な近隣住民数名は顔を引き攣らせて回れ右して引き返したり、私たちが通り過ぎるまで完全に硬直したりしていた。

犬の散歩をしてるだけなんだけど、なんだか非常に恥ずかしいし申し訳ない。

コウくんがとても嬉しそうに歩いているのが唯一の救いだ。

「コウさん、嬉しそうですね」

斜め後ろに控えているスキンヘッドなヤクザさん、苗場さんが言う。記憶を失って目が覚めたあの日、私の部屋に突撃してきたコウくんを追いかけてきた人だ。

コウくんが比較的懐いているので半ば強制的にお世話係になったそうだ。

前を歩いているのは江口さん。同じく比較的コウくんが気を許しているのでお世話係をしているとのこと。

「飼い主に似るって言うんですかね、コウさん本当に気難しいんですけど……相変わらず姐さんが散歩させると別の犬かってくらい上機嫌ですね」

こちらを振り返った江口さんも不思議そうに言った。

確かにコウくんのこの態度は相当懐いてくれている証拠なんだろうけど。

「そんなに違うんですか」

「俺らだと大人しいんですよ。見回りのために歩いてるって感じで、この辺りでもう帰りたがるんですけど……」

コウくんは折り返し地点の目印だという公園の前で一瞬立ち止まり、なぜか公園の方に行こうとする。

そして公園の入り口によくある金属のポールの向こう側から、じっと私の方を見ながら軽くリードを引っ張る。

これは、帰ろうとするどころか遊ぼうとしている？

「……寄っていきますか？」

「そう言われましても……」

幸いなことに他の公園利用者はいない。コウくんのこの慣れている感じ、もしかして以前の私はここで遊ばせていたんだろうか。

「私、どうやって遊んでました？」

お屋敷の庭は広いけど、日本庭園だから公園みたいにまとまったスペースはなくて、遊ぶのは室内が多い。

お屋敷だと縄を引っ張りあったりおもちゃを投げたりしてるけど、広い場所で思いっきり走ったりしたいんだろうか。

元気いっぱいに走るコウくん、見たい。

でもここは公園であってドッグランじゃないので、いくらコウくんがいい子でも離すことはできない。

「え、いや……立ち寄ることはありましたけど、ここで遊んではいませんよ？」

「はい。外で遊ばせる時は貸切ったドッグランかウチで所有してる山とかでしたね」

所有してる……山……？

ま、まあ上条さんだし、山くらい持っててもおかしくない……か。

うん、一旦山は置いておこう。

それよりコウくんのこの行動はいったい……？　ここで普段は遊ばないのに、こんな風に引っ張ってアピールしてくるのはどうしてなのか。

コウくんの黒色の瞳がじっと私を見ている。遊んでほしいという期待にしては、そんなに目を輝かせている風でもない。むしろこれは……

「ついて来いってこと？」

そんな気がして、私は公園のほうに一歩踏み出した。

私が金属のポールの先に進むと、コウくんは私を先導するように歩き出す。

コウ君は時折私のほうを振り返りながら公園をぐるりと回り、満足したのかと思ったらなぜか二周目に入ろうとする。

「どうしたんでしょうかコウくん」

「こんなこと初めてでなんとも……」

苗場さんも江口さんも困惑しているらしい。顔を見合わせて首をかしげている。

コウくんと散歩に行くと言っても、まだ数回だ。この行動がどういうものなのかわからない。

「……あ」

やがて江口さんが何かに気づいたらしい。先を歩くコウくんを見て言った。

「なんか、気を遣ってる感じが……」

「気を遣う？　コウくんがですか？」

どういうこと……？　私、犬に気を遣われている……？

「その、姐さん昨日の件でその……若と喧嘩なさってたじゃないですか」

「え、喧嘩……いや、あれは私が出ていこうとしたからで……」

上条さんに条元さん、二人のことがわからない。

それは今もそうで、果たしてどちらの言い分が正しいのか、そもそもどちらも信用してしまっていいのか。

でも私が上条さんと結婚しようとしていたことは……事実なんだと思う。

これについては私が覚えていないだけで証拠があまりに多すぎる。

でも、だからといって今の私が上条さんと結婚できるかと言われれば答えはノーだ。

今の私は何も覚えていない。それは、上条さんの知ってる私じゃない。

あのお屋敷もお屋敷のヤクザの皆様のご好意も、やっぱり私が享受《きょうじゅ》していいものじゃない気がする。

そして私は、お屋敷に戻りたくないと思っている。

散歩が終わってしまえば帰らなくてはならない。それをコウくんは見抜いて、少し時間をくれようとしている。

ああ、完全に……

「コウくんに気を遣われてますね、私」

帰りたくないなら少しくらい付き合ってやるよ。コウくんの得意げな表情はそう言っていた。

「きっと記憶を失われて雰囲気がお変わりになったので、コウさんなりに心配しているのではないでしょうか。雰囲気が変わっても姐さんは姐さんですから」

「さすがコウさん……というか、コウさんにここまで懐かれる姐さんもすごいですね」

お二人はなんやかんやでこれまで四年以上コウくんのお世話をしていたらしい。

それなのにコウくんからのこの扱いの差は何なんだ……と不思議そうにしている。私もよくわからない。動物に好かれるなんて白雪姫みたいなスキル、私持ってたっけ？

まあ、動物に好かれて悪い気はしませんが。

「……大丈夫だよ、ちゃんと戻るから。コウくんは賢いね」

そうか、コウくんは私が戻らないことで上条さんが悲しむのもわかってるんだ。だからこうして私の気を紛らわそうとしてくれている。

しゃがんで頭を撫でてあげると、コウくんは尻尾を振りながら気持ちよさそうに目を閉じた。

まさか犬に気を遣われる日が来るとは。苗場さんと江口さんという人間からも気を遣われているのは感じていたけど、なんだか情けない。

これ以上心配をおかけしたくないので、漏れそうになったため息を堪《こら》えつつ私はゆっくりと立ち上がった。

今のまま逃げようとしちゃだめだ。私に今できること……会話をしないと。

昨日は私も上条さんも混乱していたんだ。

私が記憶を失った原因の一旦を担っているはずの女性と、その写真。

私は思い出したくなくて忘れたはずの記憶を掘り起こされそうになって、上条さんとしては私の記憶を呼び起こさないために隠していたはずの写真がばら撒《ま》かれて、落ち着いていられなくなった。そうに違いない。

正直なところ、消えてしまった記憶が戻ることに対する怖さはある。

今も相変わらず暗闇が怖くてたまらないし、断片的に声や記憶が蘇《よみがえ》ってもすぐに消えてしまう。その時に私の中に残るのはどうしようもない恐怖と不安だけだ。まるで目覚めると消えてしまう悪夢を見てしまったかのように。

でも私が経験したのは夢ではなくて現実で起こったことだ。

あの女の人は存在するし、写真の状況から察するに一緒に食事に行ったりする仲だったはず。けど、つい昨日写真で見たはずの顔さえも、どういうわけか思い出すことができない。脳が記憶することを拒絶してるみたいだ。

再び、頭がずきりと痛む。目を開けているはずなのに暗闇が見えて、私はそこで一度考えるのをやめた。

「姉さん？　立ち眩みですか？　そこにベンチがありますから、迎えを呼びますね」

「だ、大丈夫です！　ちょっと考え事をしてただけで……」

こんな距離でお迎えなんて申し訳ない。頭痛も暗闇も一瞬のことだったので、今はもう平気だ。

それに、過保護な上条さんに散歩の途中で体調不良になって車で帰ったなんて思われたら、また散歩すら許してもらえなくなるかもしれない。

「そろそろ帰りますね。あんまり遅いとコウくんのご飯も遅くなっちゃいますし」

よく考えなくても苗場さんと江口さんのお時間も頂戴しているので、あんまり長居しちゃ悪いかな。

「コウくん、ありがとね」

お礼を言うと、コウくんは理解しているのか尻尾を二、三回振って応えてくれた。

◆

散歩から戻ると、玄関に上条さんが立っていた。

コウくんが尻尾を振って嬉しそうに寄っていくので、私はそれに引っ張られる形で上条さんに近付くことになる。

「おかえり、梨枝子」

「は、はい……」

上条さんは足元でぴしっとお座りをしたコウくんの頭を撫でつつ、私の方を見た。

ついさっき上条さんとちゃんと話をしなければと思ったばかりなのに、昨日の今日なので、私は気まずくなってすぐに目を逸らしてしまう。

心臓が痛いくらいに鳴っている。リードを握っている手に汗が滲んでいるのがわかった。

苗場さんと江口さんの姿はいつの間にか消えていた。玄関が見えた時までは確かに私の後ろを歩いてきていたのに。

それにいつも玄関には見張りの人がいた気がするけど、今は誰もいない。私とコウくん、そして上条さんだけだ。

上条さんは私がコウくんの散歩から帰ってくるのをわざわざ玄関で待っていたんだろうか。

「あの、何か……？」

「今週末、時間あるか？」

（えっと……？）

時間があるも何も、朝夕のコウくんのお散歩以外はずっとお屋敷で引きこもっている私に用事があるはずがない。でもわざわざ聞いてくるということは、週末に何かあるんだろうか。

「と、特に用事はない、ですけど……」

上条さんとの賭けの期限はもう少し先だ。他に何かあっただろうか。

私は何を言われるのかと身構える。

「じゃあ出かけるか。行きたい場所はあるか？」

突然の提案に私は思わず首を傾げてしまう。

「行きたい場所、ですか？」

「特にないなら俺が決めるぞ」

上条さんのチョイス……大丈夫かな。

決して上条さんのセンスが悪そうとかそういう話ではなく、何だかよくわからないけどすごいところに連れていかれそうというか、小市民には想像もつかない高いお店とかに案内されそう。上条さんはそういうことをしそうだ。

外出したいのは山々だけど、今の危ない状況で出かけるなんて大丈夫だろうか。でも、今外出を提案しているのは上条さんだから何か考えがあるのかな。

だからって私が決めるにしても、あんまり遠くないところで上条さんと行けるような場所……レストランとか？　でも私が行くようなところって上条さんのお口に合うだろうか。

飲食店じゃないところで、私も上条さんも楽しめそうなところはないか、と最近の記憶を辿っても、コウくんと遊ぶか新聞とかネットでニュースを見るくらいしか……あ。

「動物園……とか？　半年前にできたってニュースで見ました」

ここ一年の新聞やネットのニュースを見ていた時、半年ほど前の記事で動物園がオープンしたというものがあった。

新しく動物園が作られているのは知っていたし開園したら行こうと思っていたけど、記憶のない一年間の間に完成してしまったらしい。気が付いたら完成していたみたいな感覚で少し不思議だ。

言ってはみたものの動物園は少し子供っぽいだろうか、と上条さんの反応を伺うと、上条さんは僅《わず》かに目を見開いただけで何も言わない。

不安になった私は他の場所を提案……なんてすぐに浮かばず、記事を見た時に調べた動物園の内容を思い出してＰＲを始めていた。

「ニュースを見たときに少し調べてて、ライオンとかキリンとか定番の動物以外にも珍しい爬虫類とかもいるらしくて種類も多いみたいです。餌やりとかふれあいコーナーとか見どころも多そうですし……」

オープン前から行きたいなと思っていた場所ではあるので、楽しそうなポイントは色々出てくる。

まあその頃は雄吾と行くつもりでいたけど……あれ？　そういえば条元さんに電話した時、どうして雄吾の番号だったんだろう。

そこで私の思考が一度途切れてしまい、言葉が止まってしまった。

頭の中で動物園と雄吾と条元さん、スマホがぐるぐると回り始める。

「……どうした？」

途中で口を閉じてしまった私を見て上条さんが心配そうに声をかけてくれる。

いけない、今は雄吾と条元さんのことを考えるところじゃないのに。

「いえ、その、色々と？　大丈夫かなって思ってしまって……」

なんとか適当な言葉を並べてみたけど、妙な勘繰りされてしまわないだろうか。むしろ口を開かない方がいいのではと、焦るあまりコウくんのリードを握る力が強くなって爪が少し手のひらに食い込んだ。

「ああ、その心配か。大丈夫だ。人目があるとこなら何も起こらねぇよ。それに何人か連れてくからな」

上条さんには私が今周辺で起こっている騒動に巻き込まれてしまわないか不安に思っていると思われたらしい。実際のところそこも心配はしていたので、それを聞いて少し安心する。

「にしても動物園か……」

「き、気に入らなければ別の場所にしますよ！　少しお時間をいただければこの辺りのお出かけスポットとか探しますし」

上条さんは何かが引っ掛かっているような反応をする。けれどそれは少しの間のことで、やがて目元を緩めて私の頭を撫でた。

「わかった。じゃあ週末はそのつもりで準備しといてくれ。夕飯は俺が適当に予約しとくから」

そう言って上条さんは出発時間は何時ごろがいいか、と具体的な予定を立て始める。

私の頭の中ではまだぐるぐると疑問が回り続けているので、返事が曖昧になってしまう。

幸いなことに、上条さんは予定を立てることに集中して気付いていないみたいだった。

こんな状況なのに、どうして上条さんはわざわざ忙しい中時間を作ってここまで私を気にかけてくれるのか。

好きだから？　結婚する相手だから？

けれどなぜそれが私なのか。私自身も、上条さんのことをどう思っていたのか……

私は上条さんのことを全然わかっていない。知りたい、知らなければならない。

そのためにも、やっぱりあの写真の女性について、そして記憶を失う前の私の身に何があったのか教えてほしい。

「あの、上条さん……」

断られることを承知の上で意を決して口を開きかけた時、どこからか音がして、私は言葉を止める。

スマホが鳴っている音だった。

「悪いな。少し待ってくれ」

上条さんは懐からスマホを取り出して画面を見る。

「何だ、手短に話せ」

不機嫌そうな横顔と低い声。それはとてもヤクザ然としていて、不意に背筋に冷たい感触が走った。

上条さんは電話の向こうの誰かと『入手経路』とか『不動産』とか、知っている言葉は出てくるけれど、私にはよくわからない話をしている。

「……わかった。今から確認に行く。待機してろ」

最後に上条さんはそう言って電話を切ったけれど、気難しい表情のままなのは変わらない。

「急用ができた。明日の朝には戻る」

スマホの画面から顔を上げた上条さんは申し訳なさそうな表情を浮かべて私を見る。

私が入り込むことのできない、上条さんの領分の事情なんだろう。私はただ頷くことしかできなかった。

◆

そして訪れた週末。

前日のうちに着ていく服や荷物の整理はしておいたけど、遠出するのは久しぶりなので出発前に鞄の中身を再確認することにした。

ハンカチやティッシュ、財布に化粧品も入れたし、あとは念のためモバイルバッテリーとか……他に何かないかと覗いていた箪笥《たんす》の引出しを閉めた時だった。

引出しの裏側で何かを潰したような音がして、私は慌てて引出しを引き抜く。カサカサ軽い音がするから、紙っぽいけど……

手を入れて潰してしまった何かを取り出してみる。折れ曲がっているその紙は、普通の紙より少し大きい。

「これ……」

その中身を見て、思わず声が漏れた。

枠で囲まれた公的な書類らしいそれは、婚姻届だった。

名前を記入する欄には上条さんの名前と、私の名前が書かれていた。しかも、私に関する部分はちゃんと私の文字だ。

紙を持つ手が震える。

つまり私は、上条さんとの結婚を承諾していた？

「でも、なんでここに？」

記入が必要な欄は全て埋められている。あとは役所に提出するだけの状態なのに、箪笥《たんす》の中で眠っていたのはなぜなのか。

提出する直前に誘拐されたから？　いや、それなら上条さんが保管していそうなものだけど……

特に間違いも見当たらないから、書き損じというわけでもなさそう。

だとすると、私がここにこれを隠した？

引出しの中を覗き込んでみると、引出しの天井に当たる部分にマスキングテープが残っていた。

どうやらこれは、引出しの中に貼り付けるようにして入っていたらしい。

記入したのにわざわざこんなことをする理由は何？　書いたはいいけど隠した。捨てるという選択肢もあるはずなのにどうして？

呆然とその折れ曲がった婚姻届を眺めていると、誰かが廊下にやってくる気配がしたので、急いでそれを箪笥《たんす》の服の間に隠した。

「姐さん、準備ができたら玄関にいらしてください」

「は、はい！」

これでとりあえず簡単には発見されないはず。私は引出しを閉めて、鞄を手に取った。

立ち上がってからもちゃんと閉まっているか再度確認してから、私は玄関に向かった。

「ああ、来たな」

上条さんはそう言って私に手を伸ばす。少し悩んだけれど、私はその手を取って頷いた。

「じゃあ行くか」

結局、あの電話を受けた後から上条さんは忙しくなったのか、時折顔を見せて二、三度言葉を交わす程度だったからか、こうして一緒にいるのはやけに久しぶりに感じた。たった数日、軽く言葉を交わすだけの日が続いただけなのに。

そのせいか私は妙に緊張しながら、上条さんに促されるまま車に乗り込んだ。

上条さんが私の隣に腰掛けて肩に腕を回すと、車は滑らかにお屋敷を出発した。

「このところ窮屈《きゅうくつ》な思いをさせてきたからな。他に気になる場所があったら言えよ」

「あ、ありがとうございます」

私を気遣う声は優しくて、婚姻届《あんなもの》を見つけてしまったからか、余計にどきりとしてしまう。

「……緊張してるのか？」

「は、はい」

婚姻届について触れられたらどうしようという不安。そしてそもそも、上条さんとデートなんて想像がつかない。私の頭は容量不足で固まってしまいそうだ。

「あの、よかったんですか？　動物園で……」

「お前が動物好きなのは知ってるからな。普通に楽しんで梨枝子の気が紛れるならそれでいい。夕飯は美味いとこ予約してある」

語りかけてくれる声はとても優しくて、あんまり緊張しすぎるのは申し訳ない気がした。

私はゆっくり頷いて、上条さんを見上げる。

それを見た上条さんは私を安心させるように微笑んで、肩に回した腕にほんの少し力を込めた。

◆

動物園は家族連れやカップル、遠足の学生たちで賑わっていた。

ここは結構大きな動物園で、ゾウやキリン、ライオンなどの人気の動物たちが揃《そろ》っている。

当然、動物園の人気者の前は混んでいるんだけど……私は特に背伸びや人を掻き分けたりすることなく、けれど遠くから鑑賞できた。理由はまあ、明確だ。

「ちょうど空いたな」

「そ、そうですね……」

空いたというよりは、単に上条さんが避けられている。

まず動物が野生の勘で何かを察するのか、私たちが近づいていくと反対方向に行ってしまう。そしてそれに合わせて人も移動して、ぽっかり場所が空く。

さらに上条さんは普通に立っているだけで威圧感を放っているので、人も近寄ってこない。

「少し遠いか？」

「これくらいですよ」

動物さんたちにとっては適切な距離なんだろう。きっと。

まあ少し遠いとはいえ、前の方にいられるからちゃんと見えてはいるし、うっかり人と衝突してトラブルが……なんてこともないのでいいかもしれない。

今いるのは虎の檻の前で、肝心の虎二頭は斜め奥の方で揃《そろ》って欠伸《あくび》をしている。

太い脚に柔らかそうな大きな肉球。縞模様の毛並みは呼吸に合わせて上下して、あそこに顔を埋められたら気持ちいいんだろうか、なんて考えてしまう。

「大きいですけど、やっぱり猫なんですね」

「そうだな、デカい猫だ」

そんな話をしながら次はライオンの檻の方へ。

それまで優雅に毛繕いをしていたライオンは上条さんの方を見ると、毛繕いを止めて立ち上がり、のそのそと端の方に移動してころんと横になった。

居心地の悪さでも感じたんだろうか。

しばらく眺めていたけどあまり動く気配もないので、また別の動物のところへ。

ヒグマ、ハイエナ、ヒョウも見に行ったけど、やはり距離を感じる。

野生の勘もすごいけど、上条さんもすごいななんて思って上条さんに目を向けたら、目が合った。

上条さんもしかして、動物じゃなくて私を見ていたんだろうか。

でも目が合う直前の上条さんの目線は、どこか遠くを見ている気がした。私を通じて別の何かを見ているような、そんな視線。

「つ、次は外の動物を見に行きましょうか」

見てしまってはいけないものを見てしまったような気がして、私は誤魔化すようにやんわりと声をかける。

上条さんが頷いたので、私たちはこれまでいた猛獣館を後にして外に出る。

外はサバンナをイメージした広い空間で、キリンやゾウ、シマウマなどの動物たちがのびのびと過ごしていた。

ちょうど給餌の時間なのか、飼育員さんたちが用意した牧草や野菜に動物たちは集まっている。

「餌やりできるみたいですけど、今はあっちに夢中みたいですね」

百円で売られていた餌用の野菜スティックを買ってみたものの、上条さんと給餌タイムのダブル効果で寄ってきてもらえない。

どうしたものかと辺りを見回していたら、少し離れたところにある小屋が目に入った。

どうやらあそこが小動物と触れ合うことのできるふれあいコーナーらしい。ちょうどそれまでいた親子連れが出ていったので空いていそうだ。

上条さんの袖を引いて声をかけてみる。

「あそこ、今なら空いてそうですし行きませんか？」

さっき出ていった親子連れが向かった先はゾウの餌やり体験で、他の来園者もそちらに吸い寄せられている。

しばらくはあっちに人が集中しているだろうから今が狙い目だ。

上条さんはふれあいコーナーの方をちらりと見て、一瞬何かを考えるようなそぶりを見せたけど、やがて頷いてくれた。

「ウサギとかモルモットがいるんですかね」

「まあ、そういうもんだろ」

もふもふ最高峰はコウくんなんだけど、たまには違う子に浮気をしたくなるのが私の悪いところだ。

意気揚々と小屋の中に入る。動物が逃げないように二重扉になっているので気を付けて開けると、枯れ草と小動物の匂いが混じった空気が鼻をついた。

「いっぱいいますね」

放し飼いにされたウサギやモルモット、柵の中で縮こまっているリクガメなど、色々な動物がいて、餌を貰ったり撫でられたりしている。

私も近くに寄ってきてくれたモルモットに餌をあげて触らせてもらう。近くに木製の椅子があったので、その子を持ち上げて膝に乗せた。名前はあるのかなと辺りを見回すと、各動物のプロフィールが目に入った。

どうやらこの子はモグちゃんと言うらしい。

「可愛いですよ」

「……そうだな」

上条さんはなぜか少し不機嫌そう言うと、近くの別の椅子に腰掛けて私の方を見る。

なんだろうとモグちゃんを撫でながら周囲を見回すと、私の周りに小屋の動物の七割くらいの子が集まっていた。残りの子は寝床で寝ていたり端の方で様子を伺っている。

そして上条さんの周辺はぽっかり穴が空いたみたいに誰もいない。

ここまでとは、一体どういうプレッシャーを放っているんだろう。

「コウもそうだが、相変わらず梨枝子は動物に好かれるんだな」

完全に動物に避けられている上条さんは少し拗ねながら近くにいたウサギに手を伸ばし……逃げられていた。

諦めたように椅子に座り直した上条さんは天井を仰ぐ。

これは……私が好かれているというより、単に上条さんが怖くて私の方に逃げてきているだけでは？

そしてこの感覚と上条さんの不機嫌そうな様子に妙な既視感があった。

「……もしかして、私ここに来たことありますか？」

思わず口を突いた言葉は、正解だったらしい。

もしかして、私が動物園を提案した時の上条さんの反応が妙な感じだったのは、前に行った場所を提案したから？

上条さんが指差した先には、ここで記念に撮られたらしい写真が貼られたコルクボードがあって、そのうちの一枚に私が写っていた。モルモットやウサギに囲まれてにやけすぎるのを堪《こら》えているような顔をしている。

私は膝の上でうつらうつらしているモグちゃんをそっと持ち上げて、上条さんの膝の上に下ろした。

モグちゃんはびっくりしながらも、私が掴《つか》んでいるからか暴れたりはしない。

やがてモグちゃんは警戒しながらも、上条さんの膝の上で落ち着いた。

「同じだな、あの時と」

上条さんはモグちゃんを見下ろしながらポツリと呟いた。

「同じ、ですか？」

「ああ。前に一緒に来た時も、俺が避けられてたから膝の上にな。個体は違うが」

モグちゃんの背中を撫でているうちに、それまでどこか不機嫌そうだった上条さんの表情が和らいでいく。

上条さん、こんな顔もするんだ。

そう思った瞬間、心臓が跳ねた。

「やっぱりお前は同じだ。記憶を失おうが、変わらねぇ」

そのどこか安心したような口調で私は気付いた。

私が上条さんのことがわからなくて不安なように、上条さんも不安なんだ。上条さんの知らない一年前の私に戻ってしまったから。

上条さんはモグちゃんをゆっくり床に戻すと、おもむろに私の身体を抱きしめた。

「か、上条さん!?　ここ公共の場で……！」

「触れ合いだよ。まあ俺以外のやつには触れさせせねぇが」

「確かに人間も動物ですけど、趣旨がズレてますって」

「わかってる。今だけだ」

その言葉通り、すぐに離してもらえたけど、係員の人たちは目を逸らしてくれていた。うん、恥ずかしい。

でも……

さっきから鼓動がうるさく鳴り止まないままなのはどうしてだろう。

人前で恥ずかしいから？　いや、これは羞恥とはまた別の感覚だ。

胸の奥がゾワゾワして、切なくなる。

私は、この感覚を知っている。

『好きです』

それは間違えることのない、私自身の声だった。

◆

結局、あれから動物園の他のエリアのふれあいコーナーに行ってポニーと戯れたり、珍しい爬虫類のケージがずらっと並んだところをひとつひとつ眺めたりしているうちに、すっかり陽は傾いて夕方になっていた。

閉園時間ぎりぎりまで動物園を楽しんで、上条さんが予約してくれたレストランで食事をする。

ビルの最上階にあるレストランで食前酒片手に微笑む上条さんはとても様になっていて、なんだかドラマとかで見るデートっぽいな……と気づいて、私はなんだか急に恥ずかしくなった。

高級感漂う雰囲気に緊張しながらも動物園の感想を話していると、華やかな前菜が運ばれてきた。

「美味しそうです。ソースが二種類なんですね」

丸いお皿に乗せられた前菜にはカブやニンジンといった彩り豊かな野菜が使われていて、底に敷かれた白身魚の色を引き立てている。両端のソースは爽やかな柑橘系のものとオリーブオイルをベースにしたもので、これも色鮮やかだ。

別々に味わってもいいし、混ぜるとまた風味が変わるそうだ。こういう工夫は喫茶店のデザートでもやってみたいな。チョコソースとベリーソースとか。

そんなことを考えながら私はじっと前菜を見つめる。

「……料理のことでも考えてるのか？」

ナイフとフォークを手にした上条さんがそんな私を見て言った。

「は、はい。違うソースを添えるの面白そうだなと思って」

早く食べろと急かされている雰囲気ではないので、私は素直に自分の考えを話していた。

「チーズケーキにジャムを添えたりするんですけど、別添えじゃなくて少しずつお皿の端に乗せるとか。洗い物も減りますし色々味わえていいかなって」

他にも和風なら黒蜜とお茶系のソースとか。メインと合わせていろいろな組み合わせを考えるのは楽しそう……とそこまで話して、私はハッと我に返る。

これは喫茶店《ロード》の新しいメニューの想像だ。仕事先に戻りたいと言っているようなものだ。上条さんはあまりいい顔はしない……と思ったら、上条さんは何かを考えているような表情を浮かべただけで何も言わなかった。

「一方的に話してしまってすみません！　私も食べますね」

きれいに並べられたナイフとフォークを端から取って、前菜の上に載っていた薄いピンク色のカブを切って食べる。じっくりと蒸されたそれは柔らかくて、瑞々しさの中にほんのりと甘みがあった。小さく刻まれた生の野菜は、蒸したものとはまた違う触感が楽しめる。

さすが上条さんの選ぶお店。野菜一つ取ってもどれも美味しい。おそらく相当お高いであろう値段のことは……今はあまり考えないでおこう。

そうしているうちに食べ終えた前菜のお皿が下げられて、次のスープが運ばれてきた。

柔らかな色合いのスープはカボチャのポタージュだ。まろやかで甘いスープはとても美味しいはずなのに、緊張しているからか味がよくわからない。それに量は少なめなのですぐに飲み終えてしまった。

これから出てくるであろう料理もなかなか食べられるものではないのでじっくり味わって食べたいところだけど、どうしても考えずにはいられないことがある。

上条さんにいつ、私が失った記憶のことを訊ねようか。もともと忙しい人だけど、このところは小火《ぼや》騒ぎやあの写真、それ以外の組の仕事でさらに忙しそうにしている。

今日の一日だって、あちこちで調整をして捻出してくれたに違いない。今日を逃せばしばらくゆっくり話す機会なんてないだろう。約束の一ヶ月の期限もあと十日ほどに迫っている。

私は意を決して口を開いた。

「あの、上条さん。私が記憶を失った時のことなんですけど……」

「何か思い出したのか？」

上条さんの視線に私を探るような色が混ざる。普段とは違う視線に僅《わず》かに背筋が震えたけど、ここで聞いておかないと後悔すると私は自分に言い聞かせた。

「いえ、まだ何も……でも、私は思い出したいんです。怖いなとは思いますけど、このままじゃ何もわからないまま上条さんと結婚することになってしまいます」

上条さんのことは好きだ。今も、おそらく記憶を失う前も。

今朝見つけてしまった婚姻届けは、つまりそういうことだったんだろう。私は記憶を失う直前、上条さんに返事をしようとしていた。ただ何か思うところでもあったのか、一度棚の中に隠して、そのまま記憶を失ってしまった。

「私は……上条さんと結婚するのは、嫌ではないです。でも忘れたまま、このまま結婚したとしても私の中でずっとこのモヤモヤが残ります。それは嫌なんです」

ヤクザだから、という不安はまだ残っているけど、それを理由に拒絶するのは躊躇《ためら》われるくらい記憶を失ってからも上条さんは優しくて、組の人も私を気遣ってくれる。

どうしても嫌だったらきっぱりと断るべきだった。でも私はそれをしなかった。

たぶん上条さんのことは好きだったから、できなかった。だから今、こんな状況になってしまっているんじゃなかろうか。

これだけ気を遣ってもらいながら、記憶がない状態では結婚できない……なんて思ってしまうのは我儘《わがまま》なんだろう。でも記憶が戻って全てがはっきりしたなら、私は上条さんに心からの返事ができる。だから……

「何があったのか教えてください。あの女の人のことも、記憶を失う直前に何があったのかも」

上条さんの表情は硬い。やっぱり駄目なんだろうか。お願いしても上条さんが話してくれない限りは何もわからないままだ。

「お願いします。私は上条さんにちゃんと返事を……」

「梨枝子の頼みでも、それはできない」

「どうしてですか」

固い声で返された言葉は想像していたものとはいえ、私の中に重くのしかかった。

絞り出すような声でそう問うことしかできない。

「心配しなくても事実は俺が突き止める。梨枝子は何も気にしなくていい」

そこで空いたスープのお皿が運ばれていき、次の魚料理が出てきたけれど私は手を付けることができなかった。

「……火曜の朝」

上条さんは慣れた手つきで魚料理を切り分けながら呟く。

「親父のところに行け。あそこは一番安全だ」

「え……？」

親父って、上条さんのお父さんのことだよね。つまり条堂組の組長。

自分で調べたりお屋敷の人たちに少しだけ教えてもらったことはある。裏社会の重鎮で、ヤクザの中で上条さんのお父さんを知らない人はいない。そんな人のところにどうして私が……？

突然の話に硬直していると、上条さんはゆっくりと息を吐いて私を落ち着かせるように穏やかな声で言った。

「俺がしばらく屋敷を空けるからだ。何人か置いていけばいいかと思ったが、それよりも親父のところの方が確実だからな。あそこなら誰も手は出さねぇ」

「でもそんなところにいきなりお邪魔したら……」

「親父に話は通してあるから問題ない。それにお前が記憶を失う前に一回会ってる」

もう会ってたの!?　ま、まあ結婚の話が出ていたくらいだから話をする機会がどこかであったんだろうか。それでも火曜日は三日後。かなり急な話だ。

「しばらくって、いつまでですか」

「今の騒ぎが落ち着くまでだ。一ヶ月もあれば片は付くはずだからそう長くはかからねぇよ」

上条さんはそう言いながら私の手元に目をやった。食べないのかと言いたげな視線に、私はナイフとフォークを手に取った。

小麦粉をまぶしてカリッと焼かれた白身魚は、口に含むとほろりとほどけて香ばしい香りと魚の脂の旨味が口の中に広がる……はずだけど、わかるのは触感だけでほとんど味を感じることができない。

切っては口に運んでを繰り返してなんとか食べ終えたけれど、妙にお腹が膨れてしまって食欲がわかなかった。

「どうした？」

上条さんが心配そうに私を見つめる。

この人はずっと私のためを思ってくれている。お父さんのところに行った方がいい、その方が安全だというのも事実なんだろう。

でもそれはつまり、私は守られないといけない、守ってもらうことしかできない、何もできないと言われているような気がしてしまう。

私の調子が悪くなってしまったからか、上条さんは立ち上がってお店の人に何かを伝えに行った。

そしてすぐに私はレストランの外に連れ出されてお屋敷に帰ることになってしまった。

◆

結局、状況は何も変わらないまま、むしろ悪化した状態で火曜日の朝を迎えてしまう。

私の体調を心配した上条さんからはお屋敷はおろか部屋から出ることすら許してもらえず、ほとんど寝込んでしまっているような状態だった。

唯一できたことと言えば、条元さんからの連絡が入っていたので、それに返信をして少しだけやりとりをしていたことくらい。

上条さんのお父さん、つまり条元さんのお父さんのところに行くことになったと伝えると、条元さんからも本邸だというそちらのお屋敷の方が安全だという返事が届いた。

『噂では聞いているけど大変そうだね。志弦の言う通り本邸なら安全だからゆっくりしていくといいよ。無駄に広くて部屋は余ってるくらいだから気を遣う必要もないし、志弦の客だから皆もよくしてくれるはず』

そんな優しい返事だ。ダメ元で私が記憶を失ったきっかけの事件についても聞いてみたけど、それはなかなか返事が返ってこなくて、結局条元さんにもはぐらかされてしまった。

「姐さん、そろそろ……」

廊下の方から中畑さんが私を呼ぶ声がした。

部屋にこもっている間にノロノロとまとめた必要最低限の荷物を手に取って、私はゆっくり立ち上がる。

上条さんのお父さんのところ、本邸はここから結構離れた場所にある。高速道路を使っていくつか山を越えた先らしいので、お屋敷からは車で移動することになっていた。

中畑さんの後に続いて廊下を進み、外に出る。

今回の移動に上条さんは一緒には来られない。見送りはできると言っていたけれど、昨晩上条さんが管理しているお店で大きなトラブルが起こったそうで、夜が明ける前に出て行ってしまったからだ。

なので玄関で待っていてくれたコウくんとしばらくのお別れを惜しんでその毛皮を堪能してすぐに、私は車に乗り込んだ。

運転席には中畑さん、助手席には寺前さんが座っていて、出発した私の乗る車の後ろからもう一台、別の車がついてくる。

私は車のドアにもたれかかるようにしながらひたすら外の景色を眺めていた。

ほんの少し慣れてきた景色はすぐに見えなくなって、知らない街中を進んでいく。やがて車は高速道路に乗り、これまでよりもずっと早く景色が移り変わっていった。

「本邸は結構田舎にあるんですよ。その分広くて人も多いんですが」

手持ち無沙汰な私に話題を提供しようとしてくれているのか、中畑さんが口を開く。その気遣いが嬉しいような、重たいような……

「そうなんですね」

私がこんな調子なので会話は続かず、すぐに車内は静かになってしまう。

そうしているうちに車は山の間を走るようになって、森の木々と山肌の代わり映えのしない景色が続くようになった。

なんとなく体が重くて疲れている感じはあるけれど、頭は妙に冴えてしまっていて眠くはならない。寝ているうちに着いてしまえば、すべてが終わってしまっていれば楽なのに。

このところそんなことばかり考えてしまう。

全てが夢で、一年前に戻っていてくれないだろうか。あるいは目が覚めたら記憶が戻っていて、全部の出来事に辻褄が合うようになっていないだろうか。

思わずこぼれるため息は何度目だろう。車内の空気を重苦しくしてしまっているようで申し訳なかった。

「十分くらい進んだらサービスエリアがありますよ。少し休憩しますか」

わざと明るくしたような声で寺前さんが提案する。なかなか広くて食事処やお土産屋さんも充実しているところだ、とスマホで調べながら教えてくれた。

「じゃあ、お願いします」

せっかくの厚意で、ずっと運転してくれている中畑さんに休憩してほしいという思いもあったので、私は小さくうなずいた。

中畑さんも車内の雰囲気に疲れていたのか、ミラー越しに少しほっとしたような笑みを浮かべたのが見えた。

そうして寺前さんが言った通り、十分ほどでそのサービスエリアに到着した。

車を降りると、山の中らしい涼しくてさわやかな空気が頬を撫でる。車内の重苦しい雰囲気とは一旦切り替わって、私は大きく息を吸った。

初めてくる場所だ。平日だからか老夫婦や大学生らしい集団の姿が目立つ。

売店の方からはお肉や焼きそば、フライドポテトなどの軽食のいい匂いが漂ってきていて、そういえば朝ご飯をあんまり食べていなかったことを思い出した。

「……とりあえずお手洗いに行ってきますね」

少しお腹も空いてきたし、せっかくだから何か食べて行こうかななんて考えながら売店の前を抜けて、お手洗いにたどり着く。数歩離れたところを寺前さんが付いてきているのを感じていたけれど、さすがにお手洗いには入ってこられないからか人を待っているようなふりをして入り口近くで立ち止まった。

お手洗いは空いていて、並んでいる人は誰もいない。ちょうど人の少ない時間だからか、掃除をしている人の横を通り抜けて私は空いている個室に入る。

そこでようやく一人きりになれた気がして、私は大きく息を吐いた。

ここしばらくの間に、色々なことが起こりすぎた。

気が付いたら一年が経っていて、ヤクザの若頭と結婚することになっていて、暗闇が怖くて、甘く激しく愛されて。かと思えば条元さんが出てきて、上条さんに料理を作って、女の人の写真が降ってきて……ああ、やっぱり全然まとまらない。それだけのことがあっても、私の失われた記憶はまだ戻ってこない。このままじゃだめなのに、私自身は何の力も持っていないから何もできない。それが悲しかった。

しばらくそのまま何も考えずにぼんやりと座っていたけれど、あまり遅くなると心配をかけてしまうと思って私は用を足して立ち上がる。

鍵を開けて外に出ると、お手洗いにはもう私しか残っていなかった……いや、掃除をしている女の人がいる。私のすぐ横に。

掃除の邪魔をしてはいけないと、その人から離れようとした時だった。

突然腕を掴《つか》まれて、そのまま引き寄せられる。そして声を上げる間もなく口元をゴム手袋をした手で覆われた。手袋のゴムの匂いが鼻を衝く。

「ごめんなさいね」

そんな声と共に、腕にチクリと痛みが走る。その直後、脳を直接揺さぶられたような感覚があり、視界が大きく揺れた。

一瞬息が止まって、やがて膝から力が抜けていくのを感じた。

その場に崩れ落ちる直前にその人は私を抱きとめてくれたけれど、その頃には私の意識は朦朧《もうろう》としていて、なんとか開けていた瞼《まぶた》の隙間から漏れるお手洗いの電灯の明かりが、私が最後に見たものになった。

ああ、どうして私はいつもこうなんだろう。

何をしても迷惑をかけてしまう。どうして志弦さんはこんな私を……

遠のいていく意識の中で、私は脇腹に鈍い痛みを感じていた。

第四章

清潔だけどどこか重苦しい無機質な香りが鼻をつく。

薄く目を開けると、視界の端で何かが動いた。身動ぎと同時に脇腹に鈍い痛みが走る。

「目が覚めたか、梨枝子」

「……上条さん？」

長く重いため息が聞こえた。

徐々に輪郭がはっきりしてくる。霞む視界に、心配そうに私を見つめる上条さんの姿が浮かび上がった。

端正な顔が歪んでしまっている。こんな顔をさせてしまったのは私だ。

ズキリと脇腹が疼《うず》く。撃たれるって痛いんだ、なんて当たり前のことが重々しくのしかかる。

私は上条さんと二人でコウくんを連れて散歩をしていた。その時に志弦さんが知らない怖い人に銃で狙われたから、咄嗟にその間に飛び込んだ……

焼け付くような痛み。皮膚が裂けて肉に食い込む弾丸の感触。

あの感覚を私は一生忘れないだろう。

でも、後悔はしていない。

私の記憶が確かなら、上条さんを撃とうとした人は、私に当たった二発以上は撃たなかった……というか、取り押さえられてできなかったはず。

「上条さんとコウくんは、お怪我は……痛っ……」

見たところ大丈夫そうだけど、そう思って起き上がろうとしたら脇腹に引き攣るような痛みが走る。

「お前は……自分の心配をしろ」

上条さんは私が起き上がらないように私の肩を押さえる。その手は固く強張っていた。

「俺を庇《かば》う必要なんてなかった。巻き込んだのは俺だってのに」

怒りを湛えた暗い瞳が私を見下ろす。底のない沼に引き込まれるような心地がして、一瞬息が止まった。

「だが、おかげで助かった。ありがとな、梨枝子」

上条さんに怪我はなかったらしい。もちろん、コウくんも無事だそうだ。

「よかったです。あの、ここは病院、ですか……？」

「ああ、まあ病院ではあるが……」

上条さんは言葉を濁す。

どうやらここは個室っぽいけど、病院というよりはビルの中という感じだ。

窓のカーテンは閉め切られて、隙間から色鮮やかな灯りが漏れている。

「いわゆる闇医者ってやつだ。本当はちゃんとした病院に連れて行くべきだったんだが、事が事だからな……」

医師《せんせい》の腕は確かだから、と上条さんは私を安心させるように言う。

太い血管も内臓も無事だったのが幸いしたそうだ。

痛みを堪《こら》えながら服を捲《めく》ってみると、乳白色の包帯が胸から下にぐるぐる巻かれていた。

上条さんの瞳が痛ましげに細められる。

「ここには入院の設備がそこまで整ってねぇから、問題がなけりゃ追い出される。俺のところに来い、梨枝子」

「え？」

「俺の責任だ。治るまでウチにいろ」

まあ確かに普通の病院に行こうにも理由が説明できそうにないし、警察沙汰になったら上条さん達にも迷惑がかかる。それに、この怪我でひとりで生活するのは厳しい。

上条さんのところには何度も料理を作りに行ったりしてるから、全く知らないわけじゃないけど……ヤクザさんのお屋敷にご厄介になっていいものだろうか。

「でも住むのは申し訳ないのですが……」

「なら、結婚するか」

「え⁉　けっ……痛っ！」

あまりにも自然に飛び出した単語に、身体がひとりでに起き上がろうとしたせいで傷口に鋭い痛みが走る。

私は痛みのあまり呻《うめ》いてその場で縮こまった。

「その怪我の責任を取る」

「責任って……いや、急すぎるというか、私と上条さんの関係って……」

あんまり考えないようにしていた私も悪いんだけど。私と上条さんの「週に一度料理を作って食べてもらう」という関係について。

元彼氏の雄吾の二股が判明して別れた日の夜、私は憂さ晴らしに繁華街に飲みに出かけた。そこでしつこいキャッチに絡まれていたところを助けてくれたのが上条さんだった。

その時はヤクザだなんて知らず、そのままなぜか上条さんと一緒にバーで飲むことになった。そこで私は散々愚痴を聞かせた挙句酔い潰れて送ってもらうという失態を犯す。

加えてその酔った勢いでお礼として冷凍庫にストックしていたポタージュを押し付けた。

改めて思い返してみても、よくわからないきっかけと関係だ。

けれど私はそれから週に一度どころか何度か上条さんのお宅……大きなお屋敷にお邪魔しては豪邸に似合わない私の手料理を作って、愛犬のコウくんと遊んだりしていた。

「今回の件でよくわかった。俺はお前が好きだ。失いたくない」

私の頭は大混乱しているのに、上条さんの言葉だけがストレートだ。ド直球だ。

痛む脇腹に回らない頭で受け止めるには、あまりにも勢いが強すぎる。

「愛してる、梨枝子」

掠《かす》れた声で囁かれた言葉は、私の鼓膜《こまく》と心臓を激しく揺さぶった。

夢を見ていた気がする。

胸の底から込み上げてくる懐かしさに呼応するように疼《うず》く脇腹。

涙が溢れそうなほどに胸が切なく掻きむしられるのに、夢の内容は霞のように記憶の海に散ってしまった。

霞をかき集めれば何か思い出すだろうか。

けれどそんな夢の余韻《よいん》に浸る間はなかった。

◆

「やあ、梨枝子さん。おはよう」

すぐ近くから聞こえてきた声は、条元さんのもの。

夢の余韻《よいん》は霧散して、目の前には灰色の世界。目隠しのせいで何も見えなかった。

目隠しを外そうと動かした腕は、後ろで縛られていて動かすことができない。

いったい、何が起こっているのか。

少し前まで、私は寺前さんと一緒に中畑さんの運転する車に乗っていた。

このところお屋敷にいると危ないから別の場所、上条さんのお父さんのところに一時的に避難するように言われたからだ。途中のサービスエリアでお手洗いに入って……気がついたらこの状態になっていた。

「ああ、不安だよね。ごめんね、梨枝子さんを怖がらせたいわけじゃないんだ」

条元さんは私を落ち着かせるように穏やかな口調で語る。

どうやら車に乗せられているらしく、低いエンジン音と時折対向車とすれ違うような音がした。

「条元さん、これは、どこに……」

「安全な場所だよ。俺は梨枝子さんを守りたいんだ。志弦の周りが荒れてるからね」

そう言って条元さんのものらしき腕が私の腰に回される。そのまま抵抗ができないまま、私の体は条元さんの両脚の間へと収められてしまう。

「何もしないから、安心して」

条元さんは片腕を私の首元に回した。

何もしないと言いながら、回された腕の力は確かで離してくれそうにない。

「あのっ、どういうことですか！　どうしてこんなこと……んっ！」

抗議の声を上げようにも、口に指を入れられてそこから先は言葉にできなくなった。

優しい手付きで舌を押さえ付けられて、悲鳴は子どもがぐずる直前のような拙い音に変わる。

「全部終わるまで梨枝子さんを守るために必要なんだ。大丈夫、しばらく身を隠しておいてもらうだけだから」

条元さんは私の肩に軽く顎を乗せると、耳元にそっと息を吹きかける。

目隠しで周囲が見えないせいで視覚以外の感覚が鋭敏になっているのか、その音と感触のせいで背筋に痺れるような震えが走る。

「梨枝子さんは何もしなくていい。俺のことだけ見てくれればそれで」

目隠しの上から目元をなぞられる。左目にかかっていた目隠しがずらされて、条元さんの暗い色の瞳と目が合った。その奥で妖しく揺れる熱が、私にまとわりつこうとしていた。

「やっと手に入った。梨枝子さん、なかなか屋敷から出てきてくれないから」

その言葉に私はハッとした。

この状況を招いたのは、私だ。

「志弦ならいつかそうすると思っていたけど、本当に大事なら部下に任せず自分でやるべきだったね」

今の騒動が落ち着くまで上条さんのお父さんのところに行くというのを、条元さんに話してしまったから。何時ごろ、どこに向かうのか。

上条さんのお父さんということは、条元さんのお父さんということでもあるから、隠すことでもないと思って。

「とはいえ、親父のところで匿う判断は正解だよ。あそこには俺も中々手を出せない。別の騒動に発展するからね」

そう言って条元さんは目隠しを元に戻す。

「今の騒動は俺が終わらせるよ。解決したら全てを梨枝子さんに話すから、そしたら結婚しようね」

首に回された腕に力が込められる。同時に、自分の左手の薬指にはめられていた指輪が消えていることに気付いた。

私は首を振って拒否しようとしたけれど、いまだ口に入れられたままの指のせいで頭が動かせない。

「梨枝子さんが教えてくれたんだよ。幸せは自分で決めていいんだって。だから弟が、志弦が何て言おうが、俺の幸せは梨枝子さんを愛して、梨枝子さんが俺だけを見てくれること……それだけが俺の望みだ」

そんなことを条元さんに言った記憶はない。けれど空白の一年間がある以上、否定もできず私は固まった。

この人は本気だ。私に語りかける声はとても甘く優しくて、首に回された腕も、力強いけれど苦しくはない。

記憶さえ戻れば、どうしてこんなことになったのかわかるんだろうか。こんなに大事なことをどうして何も思い出せないんだろう。

私が記憶喪失なんかにならなければ、今起こってる全てが解決しているはずなのに。

「ああ、泣かないで、梨枝子さん。怖いことは何もないよ」

自分が情けなくて、悔しくて、目頭が熱い。気付けばじわりと湧いた涙が、目隠しの布に吸い込まれていた。

「怖がらせるつもりはなかったんだ。大丈夫、着いたら目隠しも全部外すよ」

首に巻かれた腕の力が少し緩んで、指が口内から抜かれる。

口の端から溢れた唾液が顎を伝う。

「こんなこと、されても困ります。私、条元さんと結婚なんてできません」

口が自由に動かせるなら、条元さんに言わなければいけないことはいっぱいあるはずなのに、続く言葉が浮かばない。

私は首を横に振りながら呻《うめ》くことしかできないでいた。

「できない？　どうして？　志弦のことは心配しないで。もう梨枝子さんと弟が関わることはないから」

「志弦さんも関係ありません。これは、私の問題です。それに私には条元さんと結婚する理由がありません」

「心から愛してる人と結婚するのに、それ以上の理由はないよ」

そう言って条元さんは私の顔を自身の方に向けさせる。

唇に柔らかいものが触れた。抵抗しようにも両腕は使えず、足をバタつかせても、前の座席を蹴るだけだ。

「動くと危ないよ」

条元さんは自身の脚を私のものに被せるようにして動きを止めさせる。

「移動の時に邪魔だから脚は自由にしてたけど、縛っちゃった方がいい？」

その言い方はまるで紅茶かコーヒーどちらがいいか尋ねるくらい気楽で、得体の知れない恐怖を感じた私は暴れるのをやめた。

条元さんは満足げに私の頭を撫でる。

「そういう趣味はないからね。大丈夫、もうすぐ着くよ」

どこにも大丈夫の要素が見当たらない。

けれど抵抗したところで車は勝手に目的地へと進んでいる。諦めるしかないのか。

「……教えてください」

「なんだい？」

「私を攫ってどうしたいんですか」

「攫うなんて人聞きが悪いよ。俺はただ梨枝子さんを安全な場所で匿っている間に今の騒動を全て解決して、憂いのなくなった梨枝子さんと結婚したいだけなんだから」

また、結婚。

上条さんといい条元さんといい、どうして私みたいな平凡な女にこだわるんだろう。

もっと相応しい人が、清華《きよか》さんみたいな……あれ、誰だっけ、清華さんって。

心臓の鼓動がうるさい。心臓が動くたびに頭が締め付けられるように痛む。


『なんであんたが』

『志弦さんに相応しいのは私よ』

『困ってるんでしょ？　助けてあげる』

『私は梨枝ちゃんの味方だから』

聞き覚えのない台詞が脳内で響き渡る。女性らしきその涼やかな声が、私を慰めて罵って、笑う。

ふと、ドローンで撒《ま》き散らかされた写真に写っていた女性の顔が頭に浮かんだ。

あれが、清華さん……

「山道に入ったから気分が悪くなったのかな？　大丈夫、もうすぐ着くから」

条元さんの手が私の背中をさする。

私はただ、頭の中で繰り返される誰かの声を聞いていることしかできなかった。


『威弦さんも志弦さんも、どうしてこんな女がいいのかしら』

『約束が違うじゃない！　威弦さんを呼んで！』

『まあこれで、志弦さんの前からあんたが消えるのよね』


……これは私の記憶の断片のはずなのに、今この瞬間、耳元で叫ばれているように、鼓膜《こまく》に言葉が突き刺さる。

「どうしたの、梨枝子さん。何か思い出した？」

その問いに、私は首を横に振って否定する。思い出した、というよりはパズルのピースが出てきたような感じだ。

でも一年の空白という枠だけができたジクソーパズルに、何の一部なのかもわからないピース数片がポロッと出てきても、どこにもはめられないし向きすらもわからない。

このパズルが完成すれば、全て終わるのに。

「何か思い出したら教えてね。解決の糸口になるかもしれない。早く解決するのは、志弦のためにもなるから」

上条さんのため……

条元さんは相変わらず私の頭を優しく撫でながら頬や首筋に口付けを落とす。

「俺は梨枝子さんが大好きだ。だから今回の騒動はあなたのために俺が全て片付けるよ」

舌の先が耳殻《じかく》に触れる。宣言と同時に吹きかけられた吐息は蕩けるように甘く、自信に満ちていた。

◆

やがて車が停まって、呆然としていた私は現実に引き戻された。

車の扉が開いて飛び込んできたのは、ひんやりと湿った空気。土と木が溶け込んだような匂いが鼻をつく。

遠くで聞いたことのない鳥の鳴き声がする。どこかの山の中みたいだ。

条元さんに促されるまま、私は車を降りさせられて、どこかに向かって歩かされる。

すぐに鍵を開けるような音と、軋む扉の音がした。

靴を脱がされて中に入る。ロッジか何かだろうか。柔らかな木の香りと、僅《わず》かに湿っぽい匂い。

「着いたよ。しばらく好きに使っていいから」

そうして私の目隠しが外される。

案の定、ここはこぢんまりとしたロッジだった。

丸太を積み上げたような壁に、生い茂る木々が迫り来る、ウッドデッキにつながる大きな窓。フローリングの床には、よく馴染む色合いのラグが敷かれている。

全体的に暖かい色合いでまとめられた部屋には、机と椅子、ソファー、本棚とテレビ以外のものが見当たらない。

奥に台所らしきスペースはあるけれど、電気が消えていてよく見えない。

「窓は防弾に変えたし、壁も内側に鉄板入れてあるから安心して。ああ、食材はひと通り冷蔵庫に入れてあるよ。足りないものがあったら寺前に」

「えっ⁉」

私は思わず玄関の方を振り返る。そこにいたのは上条さんの部下のはずの、寺前さんだった。

「知ってる顔の方がいいかなと思ったんだ。欲しいものがあったら言ってね」

いつの間に、なんて思って私は寺前さんを見た。

そういえば私の棚にいつの間にか入ってた条元さんとの連絡用のスマホ、どうやって入れたんだろうと思っていたけど、寺前さんが条元さんの側の人だったなら納得がいく。

呆然としていると、手首の拘束を外そうとしていた条元さんの手が止まる。ため息が聞こえたと思ったら、腕を後ろに引かれてそのまま革張りのソファーに押し倒された。

瞳の奥に宿っているのは暗い怒り。

その静かな圧力に、私の身体はわけもわからず震える。

条元さんの手のひらが私の目を覆った。

「俺がいるときは、俺だけを見て」

唇が重なる。怖いくらい優しく触れられて、何が起ころうとしているのか一瞬わからなくなった。

「嫌っ！」

私は身体をよじってソファーから半ば落ちるようにして条元さんから逃れて距離をとる。

条元さんは少し残念そうにしながらも、距離を詰めてくることはなかった。

「安心して。俺は梨枝子さんが嫌がることはしないよ。弟とは違う」

「それなら、帰してください。私を上条さんとも条元さんとも関係のない生活に」

身に余る想いには応えられない。私のせいで起こっているという危険な騒動にだって、本当は関わりたくないのに。

「それはできない。梨枝子さん、関係ないとは言わせないよ」

そう言って条元さんはスマホを取り出して、一枚の写真を私の方に向ける。

そこには私と条元さんが写っていた。シンプルなドレスに身を包んで、身に覚えのない気合いの入ったメイクをされてぎこちなく笑う私と、三揃《みつぞろ》いのスーツを着て微笑む条元さんの写真。写真館で撮った夫婦の写真のようなそれは、三ヶ月前に撮影されたものだという。

「やっぱり志弦は話してないんだね。梨枝子さんは本当は俺と結婚するはずだったんだよ」

頭を突然ハンマーで殴られたような衝撃だった。私は首を小さく横に振りながら後退る。

「喫茶店《ロード》のオーナーも言ってなかった？　俺と結婚するんじゃないかって」

……確かに、オーナーは私がロードを訪れたとき、条元さんのことを言っていた。上条さんじゃなく。

オーナーが私を騙《だま》しているようには思えなかった。あの人は嘘をつくような人じゃない。

「まだ、何も思い出せない？」

条元さんが私を試すように問いかける。

私は小さく頷いた。

「志弦は俺から梨枝子さんを奪ったんだよ。今回のことだってそうだ。梨枝子さんを誘拐したのは志弦で、自作自演なんだよ。清華さんを巻き込んでね」

嘘だ。

直感的にそう思ったのに、すぐそれを口に出すことができなくて、なぜか歯痒い。

「清華さんを誘拐の首謀者に仕立て上げて、助け出すためにって口封じに殺したんだよ。志弦は。彼女の祖父は梶切《かじきり》組って組の組長なんだけど、いわゆる老害って言うのかな。邪魔だったから、梨枝子さんの気持ちを利用して……」

「やめてください！」

信じたくない。いや、信じない。上条さんがそんなことをするなんて。でも、あの写真はどういうことなのか。条元さんと、まるで結婚の記念に撮ったようなあの写真は。

時折脳裏に蘇《よみがえ》る言葉は断片的すぎる上に、思い出しても水みたいにスルリと指の間をすり抜けてこぼれ落ちてしまう。

「……まあ、しばらくは志弦と距離を置いた方がいいよ。ここは安全だから、安心して」

条元さんは私の方へ一歩近づく。思わず後ずさると、拘束されたままの腕が壁にぶつかった。

ぶつかった衝撃で一瞬頭が真っ白になる。

その間に条元さんが私の頭の後ろに手を回す。

「おやすみ、梨枝子さん」

何度目かわからないその口付けは、なぜか苦い味がした。

◆

気付けば私はベッドの上で寝ていた。

見知らぬ木の天井と、新しい木の香り。

ここは寝室だろうか。最初の部屋より小さい、ベッドと小さなテーブルが置かれているだけのシンプルな部屋だ。

条元さんはあの後、今回の件を片付けに行くからと私の手首の拘束を解いて出て行った。そのあとなぜか妙に眠かったから、何か薬を盛られたんだろう。

妙に重い頭を上げて、私はゆっくり起き上がる。

机の上に写真立てが置かれていた。その写真は、条元さんが持っていた、私と条元さんが一緒に写っている写真。

「あ……」

私はそれを手に取って眺めてみたけど、やっぱり何も思い出せない。

これが手の込んだ合成写真だったら……けれどこの写真については違和感はない。でも、これまでに感じたことのない胸騒ぎがしていた。

写真と、条元さんの言葉の何かが引っかかっているのだろうか。

これは記憶を無くしてから初めての事だ。条元さんの考えが間違っている……というよりは、どこかに嘘が紛れ込んでる?

条元さんが私を騙《だま》しているとしたら、それをする理由はなんだろう。どうして私は今、上条さんを信じているのだろう。今の私が上条さんのことを好いているから? 婚姻届があったから?

頭の中を二人とのやりとりが巡る。

けれど全て思い出さない限り、何が正しいのかは判断できない。

私は大きく息を吐いて立ち上がる。寝起きだからか喉が渇いていた。

移動して冷蔵庫を開けるとペットボトルの水が入っていたので、グラスを探してとりあえず半分ほど一気に飲んだ。

そのままぼんやり冷蔵庫の中を確認する。条元さんが言った通り、玉子や牛乳など食材はひと通り揃《そろ》っていた。

とはいえお腹は空いていないし作る気も起きないので、水を戻して扉を閉める。

窓の外は相変わらず深い緑色で、ここがどこかの山の中であること以外は何もわからない。

デッキに出てみようとして窓に手をかけてみたけど、内鍵を開けても外に金具のようなものが取り付けられていて、びくともしなかった。他の窓も扉も同じだ。

驚きはしなかったけど、改めて閉じ込められている現実を突き付けられる。

私はここでただ待っていることしかできないのか。

自分自身に失望しながら水を飲み干してテーブルの上に置いた時だった。玄関に続く扉、その曇りガラスの向こう側から物音がして、黒い影が動いた。

条元さんが戻ってきたんだろうか。いや、玄関が開くような音じゃなかったから、元々いた人……

「あの、寺前さんですか」

私は扉に近づいてその人影に声をかける。

「……そうですが、何か御用ですか？」

返ってきたのは聞き覚えのある固い声。寺前さんはため息をついた。

「あらかじめ言っておきますが、俺は元々組長……条元組長の部下です。姐さんが若とお知り合いになる以前から」

「そう、ですか……」

まあ裏切りとか寝返りとか、珍しい話じゃないんだろうけど、こうして実際に起こってみると信じ難い。どうして上条さんのところにいたのかとか、気になることはあるけど、この言い方だと教えてはくれないんだろうな。

でも、謎の「姐さん」呼びは変わらないのか。だからといってどうということもないけども。

「御用が無いのなら、仕事に戻らせていただきます。扉をノックしていただければ対応を……」

「寺前さんは私が誘拐されたって話について、何かご存知ありませんか」

「お答えできません」

間髪入れず拒否されてしまった。ダメ元で聞いているとはいえ、冷たい口調に少し傷付く。

「じゃ、じゃあ伝えてください。私は上条さんとも条元さんとも結婚する気はありません。こんなことされても……」

「俺に言われても困ります。姐さんの心情がどうであれ、もう組長と若、そして姐さんの三人の問題ではなくなっていますし」

「私は寺前さんとか他の人まで巻き込むつもりは……」

「これは組同士の問題です。姐さんがここにいるのは、巻き込まないようにという組長の配慮ですよ」

そんなこと言われても、ヤクザさん同士の争いに私が関わっているらしいことは、上条さんと条元さん両方の話から明らかだ。

なのに私は何もできず守られているだけ。

「私は全てを思い出した方がいいんです。それとも、忘れたままの方が幸せなんですか」

「どうして俺に聞くんですか。これから買い出しに行きますが、何か必要なものはありますか？」

余計なことを言ってしまわないようにだろうか。寺前さんは不自然に話題を変える。

「いえ、何かを作る気分にはなれないので……」

「わかりました。それならすぐ食べられるものを買ってきます」

寺前さんはそう言って会話を切り上げると、買い出しに行ってしまった。

残された私はどうしていいのかわからずその場に座り込んだ。

ここから出て行こうにも、寝室やお手洗い以外の扉と窓は全て固く閉ざされている。視線を落とすと、手首に薄ら赤く残る拘束の痕が目に入った。

「助けて、志弦さん……」

無意識のうちに誰かに助けを求めて、震える身体を抱き締める。もう、何もわからなかった。

◆

暗い茜色に染まっていく森の木々を眺めていたら、寺前さんが戻ってきた。

けれど特に言葉を交わすことはなく、一瞬開いた扉から紙袋に入ったどこかのお店のテイクアウトが差し出される。

「念のため二種類買ってきましたが、気に入らなければ別のものを買いに行くのでおっしゃってください」

受け取った紙袋には二種類のお弁当とサラダが入っていた。片方はきのこの入った和風パスタ、もう片方はミートソースドリアだ。

どちらも特に苦手ではないので食べられる。それにまだ温かい。

とはいえそこまで食欲もないので、片方……パスタを先に食べた方がいいかな、なんて思っていたら、容器にお店の名前が入っているのに気付いた。

『サクラワスレ』

聞いたことのない店名だ。チェーン店ではなさそう。

ふと、このお店の名前を上条さんに伝えられれば、居場所を割り出してもらえるんじゃないか、そんなことを思ったけど、上条さんに助けを求めて良いんだろうか。そもそもどうやって条元さんにバレずに伝えるのか。

温かい側面をなぞりながら、何か方法は無いか考えてみるけど、電話もパソコンもここにはない。外部との通信は不可能だ。窓からは森しか見えず、誰かが通りかかるなんてことも期待はできない。

……諦めて成り行きに身を任せるしかないのか。

けれどこのまま条元さんが全てを解決してしまうのはまずい気がする。根拠はないけど、胸がモヤモヤしてすごく嫌な予感がした。

そんな不安に苛まれながら食べるパスタは、ほとんど味がしない。

食べ終えた頃には外はすっかり暗くなっていた。

ぼんやりとその暗闇を眺めていると、心がざわついてくる。私はまだ、暗闇が怖らしい。

最近は無意識のうちに避けていたし、寝るときは大抵上条さんと一緒だったからよかったけど、今はひとりだ。

そう思うと薄い氷の上に立っているような恐怖が湧き上がってくる。

けれど同時に、今なら何か思い出すことができるかもしれないと、髪の毛ほどの僅《わず》かな期待を抱いた私は、震えながら寝室に向かった。リビングは寺前さんがいる廊下の明かりが漏れている。完全に暗くできそうなのが寝室だった。

「大丈夫、前は平気だったんだから……」

そう自分に言い聞かせて、私は寝室の扉を閉めた。右手を照明のスイッチに、左手は念のため扉のノブを握ってすぐに開けられるようにしておく。

怖くてもすぐ扉を開けるか照明をつければいい。暗いからって、何も起こらない。わかっているのに、これから訪れる暗闇を想像するだけで、指先に力が入らなくなる。

どうして暗闇が怖いのか。それがわかればきっと、何かを思い出す。

私は薄目を開けて暗闇に備えた。パチリと音がして、目の前が真っ暗になる……前に、私はリビングの扉を開けていた。

「やっぱり、無理だ」

情けなくて涙が出た。私はこんなに弱かったのか。

その場にしゃがみ込んでリビングの暖かい色の灯りを眺める。

暗闇にいたタイミングなんて一瞬もなかったのに、まだ腕が震えている。

どれくらいそうしていただろうか。首が痛くなってきたころ、玄関の扉が開く音がした。

やがて、条元さんがやってくる。

「どうしたの？　そんなところに座って」

椅子の上に鞄を置いて、条元さんが私の方に駆け寄ってきた。その目は暗い寝室に向けられている。

「もしかして、暗いところに居ようとしたの？　暗いのは怖いんじゃなかった？」

「……なんで、知ってるんですか」

「知ってるよ、梨枝子さんのことなら」

条元さんはそう言って膝を付くと、私の身体を抱き締める。背中側に回された手が、優しく背を叩いた。

「無理しないで。梨枝子さんが苦しむ姿は見たくない」

「でも、思い出さないと、何があったのか」

「辛いことは忘れていいんだよ」

「忘れたままの方が、苦しいんです」

離してほしいと、私は条元さんの腕を振り解く。

一年前に戻りたい。何も知らなかった、私にとってはほんのひと月ほど前のことなのに。

「じゃあ落ち着いたらちゃんとした医者に診てもらおう。だから焦らないで」

私は首を横に振ってそれを拒否した。子供みたいなその仕草に、呆れてくれればいいと思ったから。

たぶん私は、条元さんを信じることができていない。あの写真だけでも否定できれば、私はこの人を拒絶することができるはずだ。

かと言って上条さんを信じるのかと言われると、少し違う。私が上条さんを信じたいだけだ。なぜかはわからないけど。

それにもう、助けてくれるのは上条さんしかいない。例えその先が、縛られた未来だとしても。

「お願いがあります」

その場の思いつきだった。でもこの時は、これ以外の手段が浮かばなかった。

第五章

条元さんにこのロッジに連れてこられてから三日目の夜。

忙しいのか居場所をわからないようにするためなのか、条元さんはあれからここには来ていない。寺前さん経由で何度か電話はかかってきたけど、どれも短い会話だった。

私は寺前さんが買ってきてくれたグラタンを食べながらぼんやりとテレビを眺める。

流行りのカフェの特集をしていて、分厚いフレンチトーストを美味しそうに食べるレポーターが映っていた。

ロード《うち》でもフレンチトーストを出していたけど、厚切りにしたら流行るのかな。セットのコーヒーのカップは持ち手に猫がデザインされていて写真映えする。

今となっては考えても仕方のないことなのに、つい考えてしまう。

観ていられなくなって、思わずテレビのチャンネルを変える。クイズ番組、ニュース、歌謡番組……あ。

私はそこで手を止める。

動物番組の最近話題になったペット動画のコーナー。丸っこい柴犬が一緒に飼われている黒猫の枕にされる動画だ。続いて洗われたばかりの白い大きな犬が、ぬかるみに飛び込んで泥まみれになる動画、黒色のトイプードルがカーペットと一体化してしまっている動画……

どの子もゆったりしてたり楽しそうだったり、見ていると可愛いな、やっぱりもふもふの中でもいぬは格別。

「コウくん……会いたいな」

番組は終わりかけだったようで、ペットの動画コーナーはその後画面がスタジオに切り替わって終わってしまった。

私はすっかり冷めて固くなったグラタンを口に運びながらお屋敷にいるコウくんのことを考える。

元々懐いてくれていたようで、庭でボールを投げて遊んだり、たまに掻いている顎の横あたりを軽く掻いてあげると気持ちよさそうに顔を擦り付けてきたり、他の人なら警戒するけど、私の手からはおやつのジャーキーを食べてくれたり。

それが嬉しくて、ここのところ毎日癒されていたのに、今はいない。

短く犬が吠える声がどこからか聞こえてきた。テレビの中からかな。見ると今日出てきた動画の中で印象に残っているものについて話しているみたいだった。

「可愛さで言えばコウくんが一番なんだけどなぁ」

なんて、テレビの前でいち視聴者が呟いたところで画面がコウくんの動画に切り替わるわけもないんだけど。

出演者による映画の宣伝が始まったので、番組は終わりかと私はテレビを切った。風が外の木々を揺らす音が聞こえてくる。

大きめの枝が風に揺れているのか、葉が擦れて触れる軽い音から、枝が壁に当たるカツカツと固い音も、静かなロッジによく響く。

そんな自然の音が溢れる中に、奇妙な音が混じる。

カリカリと、生き物が壁を掻いているような音だ。

猿でも出るんだろうか。

音が聞こえてくる窓のカーテンを捲《まく》り上げる。そこには案の定何か生き物がいた。黒い体毛に腰の下くらいの大きさ、鋭い瞳がカッコよくて可愛い、コウくんだ。

コウくんは私と目が合うと、短く鼻を鳴らすように口元を尖らせる。そして開けろと言いたげに窓のサッシをカリカリと掘り始めた。

その姿に胸が詰まった。まだ助かっていないのに、嬉しさと安堵で力が抜けてしまう。

「いや、コウくんごめんね、ここは私じゃ開けられなくて……」

どうしてコウくんがここに？

もしかして、上条さんが居場所を探し出してくれたってこと？

ということは、私が上条さんに伝えたメッセージはちゃんと届いたってことかな。

あの時条元さんにお願いしたのは、上条さんへの手紙。内容は主に結婚はできないということ、記憶はまだ戻っていないこと、しばらく条元さんのところで過ごす、というものだった。

上条さんを遠ざけようとする内容のものなら、条元さんはちゃんと上条さんに手紙を届けてくれると思ったから。

その手紙の中に、寺前さんがごはんを買ってきてくれるお店の名前を紛れ込ませた。暗号と呼べる代物ですらない、文書中にある「店名に入っている文字」だけわざと書き間違えて消すということをしただけだ。

気付いてもらえなかったら、条元さんが手紙を届けてくれなかったら。もう、諦めていたのに……

でも、こうしてコウくんが来てくれた。だからここから逃げられるかもしれない。

そんな希望を抱いた時だった。

外側から鍵の開けられる音がして、扉が開いた。

「姐さん、急で申し訳ないんですが五分ほどで迎えが来るので支度をしてください」

扉が開けられる直前にカーテンを戻したので、寺前さんにコウくんの姿は見られなかったけど、カーテンを閉めたままの窓の前で外を見るように立っている私のことは不審に思ったんだろう。

寺前さんは近づいてきてカーテンを開けた。

咄嗟に止めようとしたけれど間に合わない。

「……何もないですね。失礼しました」

そう言って寺前さんが私を見たけど、その時には私は寺前さんから距離を取って、寺前さんが開けっぱなしにした扉から玄関に飛び出していた。

「いけません、姐さん!!」

私はその言葉を無視して、外側から部屋の鍵を閉めて寺前さんを閉じ込めてから外に出る。

三日ぶりの外の空気は纏《まと》わりつくような湿った空気だった。

切れ切れに瞬く古い電灯とロッジの灯り、それ以外は暗闇だ。

背筋に冷たいものが走る。けれどもう引き返すことはできない。

その躊躇《ため》いが命取りになった。

「寺前のやつは何してんだ」

その言葉と共に腕を掴《つか》まれる。

「組長にはあなたを傷つけるなって言われてるんで、大人しくしていてください」

知らない男だった。外にも見張りがいたなんて。

私は無理やり腕を振ってその手を振り払おうとしたけれど、節くれだった男らしい手を振り払うことはできない。

「離してください！」

「あなたにはまだ隠れていただかないと困るんですよ」

そのまま引きずられて再びロッジの中に連れ込まれそうになったときだった。黒い影が目の端を横切る。

「痛っ！」

同時に男の手の力が緩んで、私はその手を振り払った。

「なん……い、犬⁉」

「コウくん⁉」

黒い影はコウくんだった。私と男の間に割り込んで、男に向かって低く唸っている。

その後ろ姿は逃げろと言っているようだった。

私は思い切って道路の方へ一歩足を踏み出した。その直後、私は先ほどの寺前さんの言葉を思い出した。確か、あと五分で迎えが来るって。

迎えが来るとしたら車だ。道路を走って逃げたら、途中で見つかってしまう。悩んでいる時間はない。

黒い森の闇は私を拒むようにそこにある。

背後でコウくんが吠えた。

男に向かってなのか私に向かってなのかはわからない。けれどその声に背中を押されて私は重苦しい闇に飛び込んだ。

◆

顔に当たる枝葉を払い除けながら無我夢中で私は夜の森の中を進んだ。

その間に少しずつ闇に目が慣れて、黒い木々の間から覗く紺色の空と星明かりが私の正気を保たせていた。

「暗くない、月も星も見えるから、暗くない……」

自分に言い聞かせるように呟きながら、ちらちらと空を見上げる。

けれどそんな余所見をしながら降ることができるほど、夜の山は甘くない。ずり落ちるようにして深く生い茂った草木の上を抜けていく。枝や木の葉で切れた皮膚が熱を持ってジジリと痛む。

一歩踏み出すたびに心臓が掴《つか》まれてるみたいに激しく脈打って、喉元に熱い塊が込み上げてきた。枝葉で皮膚が擦れるたびに、木の根に足を取られるたびに、気を抜いたら涙が溢れそうだった。けど、今足を止めたら動けなくなる。よりにもよってこんな暗い夜の森の中で。

暗い、怖い、痛い、苦しい。

誰か、助けて。

どれだけ進んでも目の前には鬱蒼《うっそう》と茂った草木ばかりで、道路も灯りも見えない。でも、もう少し頑張ればいつか街の明かりとか、他のロッジの灯りが見えるはずだから。そう思ってとにかく足を前に進める。

斜面で落ち葉で足を滑らせて何度も尻餅をついたり転んだりしたせいであちこち痛む。それでもなんとか足を動かしていた。

霞み始めた視界の奥で、柔らかな灯りが瞬いた気がする。その瞬間。

背後から乾いた破裂音がした。鼓膜《こまく》がビリビリと震える。どこかで聞いたことのある音だ。ビクリと身体が震えると同時に鼻の奥で火薬の匂いが蘇《よみがえ》る。

「あ……」

このとき、私は足を止めちゃいけなかった。耳を塞いで麓まで走り続けなければならなかった。

遠のく意識の中、後悔してももう遅かったけど。

◆

「こんにちは。あなたが梨枝子さん？　志弦さんを庇《かば》って怪我をしたって本当？」

銃弾を受けて半ば強制的に住むことになった志弦さんのお屋敷に、清華さんは突然現れた。

第一印象は、ちょっとキツそうな美人。長く伸ばしたストレートの黒髪に、ややつり上がった眦《まなじり》。目元を強調するメイクがよく似合っていた。

「えっと……はい。もうすぐ一ヶ月になるので、だいぶ良くなりましたけど」

「あーあ、もっと早く戻ってこればよかった。そうしたら梨枝子さんが怪我することなんてなかったのに」

私がやったら幼く見えそうな唇を少し尖らせる仕草も、清華さんがすれば憂いを帯びた大人の女性に見えるから不思議だ。

清華さんは戸惑っている私の両手を掴《つか》むと、自身の方へグッと引き寄せる。

「何かあったら私を頼ってね。あ、私は梶切組って組の組長の孫なの。これでも梨枝子さんよりは長くこっちの世界にいるから、いつでも頼ってくれていいのよ。数少ない同世代の女同士なんだから」

それが清華さんとの出会いだった。

清華さんは仕事以外でお屋敷から出ることを許してもらえなかった私の話し相手になってくれた。

「梨枝ちゃんって呼んでいい？」

志弦さんとのことを相談できるのはその時は清華さんだけで、清華さんも色々話を聞いてくれるから打ち解けるのは早かった。

美人で賢くて、気さくな人。他のヤクザの組長の孫娘と聞いて身構えていたことが申し訳ないくらい、いい人だった。

どうして志弦さんはこの人じゃなくて私を選ぶのか。

……それは、清華さんも同じ思いだったらしい。

『威弦さんも志弦さんも、こんな女のどこがいいのよ⁉』

白くてきめ細やかな肌を血で濡らした清華さんは、その綺麗な顔を引き攣らせて私を見下ろしていた。

『私の方が絶対に志弦さんを幸せにできるのに。私の方があの人の役に立てるのに』

清華さんが一歩私の方に足を踏み出す。逆光で表情がわからなくなった。

『梨枝ちゃんが威弦さんを選んでくれればよかったのに』

そうしたらお友達のままでいられたのに。清華さんの声は小さく掠《かす》れていた。

◆

そうだ、清華さんは私の友達だった。

私が志弦さんを選ぶまでは。

「探したよ、梨枝子さん」

呼吸が止まる。掠《かす》れた笛みたいな音が漏れた。

「どうやって……」

暗い森の中で影しかわからない。でも、その声は条元さんのものだった。

こんな山の中にいるのに私の場所が分かったのか。

条元さんは呆然とする私の身体を湿った巨木に押し付けると、乱れていた私の襟元を整える。

「服も靴も、梨枝子さんに似合うと思って選んだんだ。それなのに、こんなに汚して」

これまでの条元さんの口から出たことがないくらい、低く冷たい声。

「言ったよね、外は危ないって。どうして外に出たの？」

子どもを諭すような口調だった。

氷水を浴びたように私の身体が強張る。この人のことを信用してはいけない。

「まあいいや。話は移動してから聞かせてもらうよ」

腕を掴《つか》まれて一緒に来るように促される。

けれどその場に根が生えてしまったように、足が動かなかった。

まだ、大事なことを思い出していない。でも、私がこの人ではなく志弦さんを選んだということは確かだ。

「離してください！」

私は条元さんの腕を振り解こうと身を捩った。しかし男性の腕力に敵うはずがなく、むしろ条元さんの方に抱き寄せられる。

その時、男物の香水に混じって何かが燃えたような火薬の匂いがした。

「あ……」

喫茶店《ロード》、清華さん、写真、結婚、志弦さん、コウくん、婚姻届、暗闇、銃声。

記憶が次々に流れ込んでくる。それがこれまでに志弦さんに聞いた話や断片的な記憶の間にぴたりとはまっていった。

私は力任せに威弦さんの身体を突き飛ばす。

思いの外強く押されたからか、威弦さんの腕の力が緩んだ。

「……写真」

「どうしたの、梨枝子さん？」

じりじりと後ずさって威弦さんから距離を取る。

「あの写真は、志弦さんとの結婚を断るために、威弦さんが提案したんですよね」

威弦さんは私が志弦さんを庇《かば》って撃たれた頃から、私が働いていた喫茶店《ロード》に来はじめたお客さんだった。

怪我がほとんど治ってお店に復帰した日にも来店して、芸能人みたいなイケメンがコーヒーを飲んで帰っていったな、という認識だった。

当時、私は「自分のせいで怪我をさせた、その責任を取りたい」と志弦さんから結婚を申し込まれていた。

優しくて、私の料理を美味しいと食べてくれて、愛犬のコウくんは懐いてくれて可愛い。確かに志弦さんは当時の私の「好きな人」だった。

でも、私のような一般人がおいそれと近付いていいような人ではないことは重々承知している。だから断ろうとした。私は志弦さんに釣り合わないから、と。

でもその理由で志弦さんは納得しない。

そんな時に志弦さんの兄だという威弦さんが「見合いを進められそうで困っている。一時的で構わないから、恋人のふりをしてほしい」という話を持ちかけてきた。

渡りに船とはまさにこのことだった。

既に恋人がいるから結婚はできない。当時の私はこの言い訳なら通用する気がして私はその話に乗り、証拠としてあの写真を撮った。

その日の夜に私と威弦さんのことが志弦さんに知られてしまったから、結局、その写真が使われることはなかったけど。

「清華さんのことも、唆《そその》かしたのは威弦さんですよね」

その証拠に、威弦さんの口角が僅《わず》かに上がった。

第六章

あの日、私は清華さんと食事に出かけた帰り道に攫われた。気がついたら廃ビルのような場所に閉じ込められていた。

清華さんと二人、元々は更衣室か何かだったのか、ロッカーや休憩用のベンチが置かれた部屋で二日間過ごした。

食事はその辺りのコンビニで買ってきたようなパンとサラダで、お手洗いは頼めば使わせて貰える。寝袋や小さい手洗い場もあるので、誘拐されていること以外に大きな問題はなかった。とはいえ、ずっとこのままは困る。

「そろそろお風呂に入りたいわ」

清華さんはすっかりこの状況に嫌気が差して、イライラしながら暇潰し用に置かれていたジグソーパズルをバラバラにしていた。

「スマホがないと暇ね。パズルじゃなくてせめてテレビとかないわけ？」

「なんでパズルなんでしょうかね……」

特に害がなさそうで長いことできる手軽な暇潰しかもしれないけど、この状況じゃそもそも集中できない。私が作っているパズルの絵は外国のどこかのお城みたいだけど、お城部分を作り終わってしまったから、あとはただ青い空を埋めていくだけ。

お風呂もそうだけど、そろそろコウくんのもふもふが恋しくなってきた。

「でも安心して。きっとパパかおじいちゃんが見つけてくれるから」

清華さんは自信ありげに宣言する。その声には説得力があって、こういう状況に慣れているのか妙に堂々としていた。

まあでも、そのお陰でこんな状況だけど取り乱さずにいられる。

私は作りかけのパズルを机の端に寄せて座椅子にもたれかかった。壁にかかっている時計を見上げると、二十一時を回っていた。

ここに連れてこられたのは一昨日の夜だったから、丸二日経ったわけだ。

「お手洗い行ってくるわ」

清華さんはそう言って部屋の外にいる見張りの人に声をかけた。すんなりと扉が開いて、部屋には私ひとりが残される。

……ひとりきりは不安だ。早く戻ってきてくれないかな、と扉の方を見つめていた時だった。

何かが壁にぶつかったような鈍い音と振動が部屋に伝わってきた。

立ち上がって扉を叩いて外の様子を尋ねてみたけど、返事はない。何かあったんだろうか。

誰かが争っているような音がする。その瞬間、部屋の電気が消えた。

まさか、誰かが助けに来てくれたのかな。

咄嗟に浮かんだのは、志弦さんの顔だった。

私はまだ、志弦さんに何も伝えられていない。

部屋の外からは誰かが争っているような声が聞こえてきた。耳を澄ませると、甲高い清華さんの声だけなら、なんとかわかりそうだった。

『……が、どうして……ないのよ！』

『どうなるかわかってるんでしょうね』

『嘘よ、嘘。私は志弦さんと……あの女は……』

清華さんの声しかよく聞こえないから、何が起こっているのかわからない。でも、どうして清華さんがこんな言い争いを？

何かが壁に叩きつけられたような音が響いた。

「話が違うじゃない。威弦さんを呼んで！」

「……ってみなさいよ。できるものなら」

「今夜あの女を助けに来るつもりだったんでしょ!?　私はちゃんとやったじゃない！」

助けに来る……？　私を？

清華さんは、私が誰かに助けられるのを知っていた？　誰に。聞こえてくる話からすると、威弦さんに。

まさかこれは、威弦さんが清華さんを巻き込んで起こしたことなの？　でも、私を助けるという自作自演なら、清華さんを巻き込む必要も、清華さんが協力する理由もない。

ああ、違う。清華さんが協力する理由は、ある。

「私が志弦さん、威弦さんが梨枝ちゃん、そういう話だから協力してたのに」

清華さんは、志弦さんが好きなんだ。

それには私が邪魔だから私に近付いた。威弦さんに協力するのは、私が威弦さんを選べば、二人にとって都合がいいから。

でも、この状況は……仲間割れ？　このまま威弦さんが私を助けにくるのなら、二人の計画通りじゃないの？

その時、鈍い音と呻《うめ》き声が聞こえてきた。

「威弦さんも志弦さんも、こんな女のどこがいいのよ!?」

その声と共に、部屋の扉が勢いよく開かれる。

扉で聞き耳を立てていた私は、扉が開いてよろめき、その場に尻餅をついてしまった。

「ああ、聞いてたの」

頭上から聞こえる清華さんの声は冷たく、乾いていた。

その声音に恐怖を感じた私は、じりじりと後ずさって清華さんから離れる。

廊下の明かりを背に立つ清華さんの頬は血に濡れて、いつも余裕のある笑みを浮かべていた表情は引き攣っている。

そして……

「き、清華さん、その怪我……」

清華さんは脇腹を押さえている。薄紫のワンピースのはずなのに、その部分だけ赤黒く染まって、時折銀色に煌めいていた。

「私の方が絶対に志弦さんを幸せにできるのに。私の方があの人の役に立てるのに」

清華さんは脇腹を押さえていた手を握り拳に変える。やがて血飛沫が廊下に飛び散った。

ゆらりと清華さんはゆらめいて、一歩私の方に近付く。逆光でその表情はわからない。

それに、血塗れの手に握られた銀色のもの、細長いナイフに私の目は釘付けになっていた。

「梨枝ちゃんが威弦さんを選んでくれればよかったのに」

熱に浮かされたときのうわ言のように、抑揚のない声で清華さんは囁く。その目は暗く虚ろだった。

「そうしたらお友達のままでいられたのに」

清華さんの腕が振り上げられる。

私は痛みを覚悟してギュッと目を閉じた。

数秒後、聞こえてきたのは発砲音と清華さんの甲高い悲鳴だった。

「邪魔しないでよ。あんた、この私を裏切って……」

恐る恐る目を開けると、清華さんは廊下の奥にいる人を睨んでいるようだった。

その人は廊下に倒れたまま、うっすらと煙の上がる銃口を清華さんに向けていた。

少し遅れて、火薬の匂いが鼻をつく。

そのツンと焦げ臭い刺激臭は、私の意識を叩き起こした。

逃げるなら、今しかない。

私は身体の震えを気合いで止めて、さっと立ち上がった。

そして呻《うめ》き声をあげてその場に崩れ落ちた清華さんの身体を飛び越えて、とにかくここから逃げ出そうとした。

しかし廊下の電気は私たちがいた場所くらいしかついておらず、気付けば私は暗闇の中にいた。

前が見えず思わず足を止めかけたけど、背後から追いかけてくるような足音がして、私は闇のさらに奥へ飛び込むしかなかった。

また、銃声が聞こえてきた。今度は少し離れたところから。

私はほんの少し闇に慣れてきた目で、飛び込んだ部屋の中を見回した。

書架だろうか。古くなったスチールの棚が無造作に並べられている。

これだけものがあれば、どこか隠れる場所もあるはずだ。あまり時間はない。そこで私が目をつけたのは、複数連なっている棚の、一番下の段。

ここなら……

私はかつて本やファイルが並べられていたであろう空間に身体をねじ込んで、肘でも足先でもとにかく飛び出してしまわないよう、出来るだけ身体を丸めて縮こまった。

ただでさえ窓の外から覗く街の明かりで辛うじて見えていた視界は棚の下に入ってからはすっかり真っ暗になって、何も見えなくなっていた。

真っ暗で何も見えないのに、自分は誰かに見られているような気がする。震える身体が棚の端に触れてしまった音がやけに大きく感じて、私はさらに身を縮めた。

逃げることすらもう、できない。息をひそめてただ隠れることしか。どうするのが正しかったの？　でも、あんな状況で逃げて隠れる以外の選択肢なんてなかった。

そういえば、清華さんは生きているんだろうか。あんな怪我をして、さっきもきっと、あの倒れていた人に撃たれて……

私は思わず目を閉じる。でも見える景色は変わらない。広がっているのは一面の闇だった。

◆

これが、私の記憶を失わせた出来事。

この闇から覚めたら、志弦さんのお屋敷にいたんだ。

「ああ、思い出したんだ」

「……え？」

私が全て思い出してしまったのに、威弦さんは少しも気に留めていないように微笑んでいた。

「だって、威弦さんが仕組んだことなんですよね。あの誘拐は。それに清華さんも、あれは仲間割れ……ですか？」

「仲間？　どうして彼女が仲間になるの？」

「だって、清華さんが威弦さんの名前を……」

その瞬間、背筋に冷たいものが走った。

威弦さんの表情は穏やかなのに、冷たい瞳から目が離せなくなる。

「関係ないよ。言ったよね、梨枝子さんを助けるって。俺はただ、梨枝子さんのためだけに動いてるんだよ」

威弦さんはポケットから何かを取り出した。細長い棒のような……注射器だった。

「全部思い出したなら分かるよね。俺が梨枝子さんに告白した時のこと。あの時、梨枝子さんが俺を志弦から解放してくれたんだよ」

いきなりそんなことを言われても、私は特別なことなんて何もしていないはずだ。威弦さんとの関係は、お互いの利害が一致したから一時的に恋人のように振る舞っただけだから。

告白した、というのは志弦さんに関係がバレてしまった後に、威弦さんがふらりとお屋敷に現れた時のことだろうか。

『俺があなたを幸せにする。梨枝子さん、俺を選んで』

確かにそう言われたけれど、断ったはずだ。

そもそも威弦さんが私に声をかけてきたのは、私が志弦さんの恋人だと思っていたからだ。弟の志弦さんから私を奪うために。

「あの時言ってくれたよね。俺は弟に勝つために生まれてきたわけでも、負けるために生きているわけでもないって」

威弦さんはそう言って一歩踏み出した。けれど私は蛇に睨まれた蛙みたいに動けない。

「おかげで目が覚めた。家も別れた弟に執着する理由なんてない。弟なんかよりも、せっかくできた好きな人を手に入れる事の方が何倍も有意義だ」

私の手首を威弦さんの手が掴《つか》んだ。

暗く冷たい瞳の奥が縋るように揺らめく。

「俺にあなたを愛させてほしい。梨枝子さんが志弦に教えたみたいに、俺にとって大切な人になって」

腕に針先が添えられる。

逃げないと、理性がうるさいくらい警鐘を鳴らしているのに、恐怖で指先すら動かない。

その時、枯れ葉や枝を踏む音が、一目散に私の方に向かってきた。

「梨枝子っ！」

遠くから私の名前を呼ぶ声も聞こえる。

そして黒い影が威弦さんの腕に飛び付いた。

「……っ、志弦のところの犬か」

衝撃で取り落とした注射器がパキリと儚げな音を立てて折れる。

けれど威弦さんは私の腕を掴《つか》む力は緩めずに、自身の方へ引き寄せた。

「志弦さ……んっ！」

首に腕を回されて、一瞬息が詰まる。

志弦さんはそこで足を止めた。横でコウくんが唸り声を上げて威弦さんを睨んでいる。

「手荒な真似はしたくない。邪魔をしないでくれ、志弦」

「志弦さん、私……っ！」

全て思い出したことを志弦さんに伝えないと。清華さんのことを裏で操っていたのは威弦さんなんだって、言わなきゃいけない。でも威弦さんは当然それを察しているからか、回された腕がわずかに首に食い込んで、私は小さく呻《うめ》くことしかできない。

「ごめんね梨枝子さん、少し我慢してくれるかな」

嫌な予感がした。私は思わず威弦さんの方を見る。

威弦さんは微笑みながら空いている方の手で私の肩を強く握った。肩に鈍い痛みが走る。

「あの女なら見つけた」

「……何？」

その言葉に威弦さんは明らかに動揺した。僅《わず》かに拘束が緩くなる。

「足を踏め！」

志弦さんの声に反射的に身体が動いた。

私は身体を捩って直感でどこかを踵で踏みつける。

「ぐっ……」

低い呻《うめ》き声が聞こえて、腕が解けかけたその瞬間を志弦さんは見逃さなかった。

一気に間合いを詰めて威弦さんの身体を蹴り飛ばすと同時に、私の身体を引き剥がす。

畳み掛けるようにコウくんが威弦さんに襲い掛かった。

「今のうちに行くぞ」

志弦さんは私の腕を引いて走り出す。

「コ、コウくんは……」

「あいつなら大丈夫だ」

背後からコウくんの唸り声が聞こえてくる。

けれど足を止めるわけにはいかず、私はただ無事を祈ることしかできなかった。

◆

やがて私たちは街道に出た。遠くに灯りが見えて、ほんの少し息が軽くなる。

「あの、どうして場所がわかったんですか？」

「兄貴が関わってる不動産で怪しいやつを洗った。あとは兄貴を付けさせた。まあ途中で撒《ま》かれたんだが……付けさせてたやつがゴミ箱から手紙を回収してきた。あれに店の名前入れたろ」

ん？　拾った？　ということは、威弦さんは手紙を渡す気がなかったということか。まあ、それもそうだよね……無駄にはならなかったみたいだけど。

「それでその店の店員に寺前の写真見せたら当たった。だからこの辺りの別荘のどこか。一軒ずつ確認してくつもりだったが、コウがいきなり走っていなくなったんだよ」

「コウくんなら来てくれました。私がいたロッジに。そのおかげで出られたんです」

においを頼りにあんな暗い森の中、私を探し出してくれたのか。

ますますコウくんが気がかりだ。

大丈夫だろうかと私たちが出てきた藪《やぶ》の方を振り返る。暗く静かで、何の気配も感じない。

「コウは大丈夫だ」

私の心配を感じ取った志弦さんが、安心させるように強く手を引く。

そう、これはコウくんが作ってくれたチャンス。足を止めてしまったら意味がない。

とにかく志弦さんの誘導に従って進むしかない。動き回ったせいで足の筋肉が限界を訴えてくる。

でも足を止めることはできず私たちは夜の山道を走る。

遠くに街灯に照らされた車が見えてきた時だった。

「止まれ」

そんな声と共に、見覚えのない屈強な男たちが立ち塞がる。

威弦さんの部下だろうか。そう思って身構えたけど、志弦さんの反応は違った。

「ジジィのとこの奴らだろ。退け。兄貴ならこの山の中だ」

「疑いは晴れてないんですよ」

「……疑い？」

志弦さんがこの人達に疑われてる？　ジジィのってことは、この男の人たちは多分清華さんのところ、梶切組の……

「お嬢のご友人ですよね。お嬢と一緒に攫われて、そこをこの男に狙われたと聞いています」

それは威弦さんが志弦さんを陥れようとしたシナリオだ。そう口を開こうとして、志弦さんに止められる。

「ジジィの孫は狙ってねぇよ。大体、あの日もあの女が梨枝子を誘った。攫われに行ったのはあの女だ」

「いくら条堂の若頭でも、お嬢への侮辱は……」

「先に手ぇ出してきたのはどっちだ？」

低い恫喝《どうかつ》を含んだ声。腕を掴《つか》む力が強くなって、私の身体は強張る。

私は清華さんと一緒に捕まっていた。清華さんの方は自演だったから、誘拐という意味では被害者は私だけ。そして、事実を見たのも私だけ。

でも、わからないこともある。

「そう言えば志弦さん、清華さんを見つけたって……」

私は清華さんが撃たれた後はずっと隠れていたから何も見ていない。清華さんがあの後どうなったのか、あんな怪我をしたんだ。生きているのか、それとも……

思わず口を突いて出た疑問に、私たちを取り囲んでいる梶切組の人たちも反応する。しまったと思ったけど、もう遅かった。

「お嬢の居所を知ってるのか⁉」

「ずっと探していて見つけられなかったんだぞ」

志弦さんはやれやれと息を吐く。そんなことは関係ないと言いたげな仕草に、男たちは色めき立つ。

「あれは嘘だ」

「え……？」

あの時、志弦さんは確かに清華さんを見つけたと言って、それで威弦さんが動揺した。だから私はここにいるのに。

「だがあれで確信した。兄貴はあの女の居場所を知ってる。どうでもよけりゃあんな反応はしねぇ」

「ふざけるな！　そんな情報で納得できると……」

「なんで俺がお前らを納得させる必要がある？　今も勝手に俺らの後を付けて来たんだろ。俺は自分の女を取り戻しに来ただけだ。聞くなら兄貴に聞け」

志弦さんが視線を向けた先では、気を失っている威弦さんを中畑さんが支えていた。

第七章

『怪我の責任をとる』

という宣言通り、上条さん……志弦さんは撃たれた私の面倒を見てくれた。

お屋敷に私の部屋を用意して、食事の準備から洗濯まで、文字通り衣食住に困ることはなく、病院よりも快適。コウくんもついてきて、アニマルセラピーとはこのことだった。

「これ、食うか？」

志弦さんは忙しい中、ほんの数分でも時間を見つけては顔を出してくれて、何かと世話を焼こうとしてくれた。

「あ、ありがとうございます」

私は差し出された焼き菓子を受け取ってお礼を言った。

この怪我で日常生活を送るのは難しく、申し訳ないとは思いながらも甘えさせていただいてしまっていた。

「遠慮するな。まだあるからな」

志弦さんもその焼き菓子を袋から出して食べている。そしてお気に召したのか二つ目に手を伸ばしていた。

「食いたいものがあれば言え。すぐ用意させる」

「あ、朝昼晩といつもいいものをいただいているので大丈夫ですよ？」

お世話になり始めてすぐのころは食べやすいお粥や豆腐、柔らかく煮込んだ大根、最近は料亭顔負けの懐石料理。そしてお見舞いの品として持ち込まれる大量のお菓子。食べ物に関しては困るどころか大して身体を動かしてもいないのに食べすぎていると思う。心なしかお腹のお肉が柔らかくなっている気がしていた。

「当たり前だろ。怪我人のお前に妙なもん食わせられるか」

「私が勝手にしたことですから……」

そう、私が勝手にあの場で動いてしまったから、こうなった。

冷静になって考えれば、私が飛び出さなくても志弦さんには当たらなかったかもしれないむしろ自分から飛び込んで心配とご迷惑をおかけしているのでは……と。

「俺が原因なことに変わりはねぇよ」

志弦さんはため息をついて私の手を取った。

「最後まで責任は取るから安心しろ。梨枝子が気にすることは何もない」

「いや、その責任って……」

私が怪我をしたから最後まで面倒を見る。その「最後」というのが「完治」ではなく「私の人生の最後まで」を指している。つまり結婚。

「元々そのつもりだった。もうお前のいない生活は考えられねぇ」

私の手を握る力が強くなって、暗に離す気はないと言っている。

これに似たやりとりは毎日、おそらく私が折れるまで続く。

そのたびに決まって送られる「愛している」という言葉も最初は戸惑ってしまって何も考えられなくなってしまっていたけれど、志弦さんの声音や表情、仕草からその言葉が本心だとわかる……わかってしまうようになって、私の中で戸惑いと喜びが逆転するのにそう時間はかからなかった。

そしてここでの生活が心地よくなってきているのは事実だ。

これまではお屋敷に上がるのは志弦さんに呼ばれた時だけだったので、お屋敷にいるヤクザさんたちと話をすることはほとんどなく、厳《いか》つくて怖い人がたくさんいるな、と内心常に怯えていたくらいだった。

けれどお屋敷に住むとなると多少なりとも話をする機会があって、慣れてきたのか時々雑談もできるようになった。特にコウくんのお世話をしている苗場さんと江口さんはコウくんを連れてよく部屋に来てくれるので話をすることが多かった。

皆さん見た目は怖いけど、常人は通らない修羅場をくぐり抜けてきただけあってたまに変わった話を聞かせてくれるし、天気や食べ物とかのごく普通の会話もできるので、志弦さんが不在でも退屈することはなかった。

そうして過ごすうちに怪我はほとんど治って、残る問題は志弦さんからの絶え間ない求婚。

私も志弦さんのことは嫌いじゃない。むしろ好きだ。好きな人からこれほど求められているのだから、応えられるなら応じたい。

志弦さんがヤクザじゃなくて普通の人だったら、私はちゃんと返事をしていたと思う。

でも、それは言えなかった。それを理由にしてしまったら志弦さんは条堂組を出るとか言い出しかねない。

「梨枝子さん、志弦はあんたを随分と気に入っているらしい。あいつが人に執着するなんてな。コウまで懐いてるんだって？　まあカタギの嬢ちゃんに無理強いはしねぇが、嫁に来てくれるんなら歓迎する」

見舞いと称してやってきた志弦さんのお父さん、条堂組の組長さんまでそんなことを言う。

「息子の命の恩人だ。何か困ったことがあれば頼ってくれ」

組長さんは志弦さんがより厳《いか》つく歳を重ねたらこうなるんだろうな、という見た目のおじ様で、ただの小娘の私はその迫力に潰れてしまいそうだった。

数々の組織を束ねる、まさに首領《しゅりょう》。この人の跡を継ぐのが、志弦さんなんだ。

もし私がうっかり「ヤクザだから」なんて言って志弦さんが辞めてしまうようなことになったら、たぶんというか確実にいろんな方向に迷惑をかけてしまう。


『姐さんが若と結婚してくだされればウチも安泰ですよ』

お屋敷の人は事あるごとにそう言って私と志弦さんの結婚を後押ししようとする。

でも結婚なんて、私は志弦さんに釣り合うような女じゃない。いくら周りがいいと言ってくれていても、実際私は何も持たない一般人だ。

困っていたところに現れたのが清華さんだった。容貌、知性、家柄全てが志弦さんに相応しいと思った。

だからどう身を引くべきか、そこで威弦さんと出会ってしまったわけだけど、これが一番まずかった。婚約者のふりをしようとした結果、志弦さんを怒らせ……本気にさせてしまったから。

「梨枝子、何を考えてるんだ？」

……そう。あの時も同じことを言われた。

『上条さん』から『志弦さん』に呼び方を矯正された夜。

そして今夜は、全てを思い出してから初めて一緒に迎える夜。

後始末があるからと二日ぶりにお屋敷に帰ってきた志弦さんは、顔を見るなり私を部屋に引き摺り込んで、布団の上に押し倒した。

そして今は、私の上に覆い被さって、暗い色の瞳で私を見下ろしている。

「他のことを考える必要はねぇ。俺だけを見てろ」

志弦さんは私の中に挿れたものを奥へと突き立てる。

身体と身体が密着して、お互いの心音まではっきりと感じ取ることができてしまう。

ぐちゃぐちゃに乱されたシーツの海で、私は快楽に溺れさせせられていた。

「お前と結婚するのは俺だ。そうだろ？」

「それは……っあ!!」

奥に穿たれた楔が一気に引き抜かれる。そしてすぐに、再び奥を突く。

繰り返されるその行為は、これまで何度も味わってきた甘い痺れを私に与える。

「あっ……ん！　と、めて……ひゃうっ！」

敏感な部分を執拗に責められ、喉が湿った甘い音を立てる。

志弦さんのものが内側で擦れるたびに駆け巡る電気で身体が跳ねて、私の理性は徐々に崩されていった。

「……覚えてるか？　今日がちょうどその日だ」

「ちょうど……？」

志弦さんが不敵な笑みを浮かべながら私を見下ろす。私の腕を押さえつけていた手を離して、代わりに指先を絡める。

絡まった指の付け根で白銀が輝いた。

「一ヶ月以内に記憶が戻っても、俺を納得させられなければ結婚する。そういう約束だったよな」

忘れたのかと問われて、私は慌てて首を横に振る。

記憶を取り戻したからといって、記憶のなかった間のことを忘れたわけじゃない。

この約束……というか賭けも覚えている。

でも、いきなり全て思い出したばかりだからか、何がいつ頃の出来事だったのか、というのが曖昧になってしまっていた。

言われてみれば確かに、あれから一ヶ月が経っている気がする。

「どうする。思い出したなら、覚えてるよな。どこに隠した？」

その言葉に思わず私は生唾を呑んだ。

私は最初から、この賭けに勝てるはずがなかった。

志弦さんを納得させるもなにも、記憶を失う前日に私は志弦さんに返事をしていたから。

あなたのことが好きだ、と。

多少……かなり強引なところがあるけど、それを許すことができたのは志弦さんが私に向けてくれる想いに嘘偽りがないとわかっていたから。

私が作ったものを美味しいと食べてくれるのは嬉しい。

一緒にコウくんの散歩に行ってとりとめのない話をするのも楽しい。疲れている時に抱きしめてくれる腕は温かくて安心する。

そして何度も身体を重ねて求められるうちに、毎日愛を囁かれるうちに、私は結婚を受け入れようと思うようになった。

ここまで愛してくれる人はもう二度と現れないと思ったから。

だから婚姻届に判を押した。

でも最後の決心が付かなくて、志弦さんに見せることができず箪笥《たんす》の中に隠してしまった。

「俺は一ヶ月待った。心の準備はできただろ？」

志弦さんはそう言って私の返事を待たずに唇を重ねる。

貪《むさぼ》るように荒々しいそれに、私は抗うことができなかった。

口内に入り込んだ舌が絡み合って、唇の端から飲み込めない唾液が滴れる。

時折口を離して呼吸をさせてくれるけど、回を重ねるごとに呼吸が荒くなって、徐々に意識が朦《もう》朧《ろう》としてくる。

加えて奥に押し込まれた志弦さんのものがそのたびに僅《わず》かに角度を変えて、内側からも侵される。

「……っ、あ……」

これ以上は壊れてしまう。でも後退しようと腰を浮かせた次の瞬間には、志弦さんの身体が私を押さえ付ける。

「やっと帰ってきたんだ。離さねぇよ」

志弦さんの手が胸元に置かれて、私の汗ばんだ胸を掴《つか》む。

指先を頂に添え、私の反応を楽しむように時折指の間で弄んだ。

「ここは従順だな。素直になれ、梨枝子」

つんと立った頂が、志弦さんの口に含まれる。

柔らかく温かい舌に包み込まれて、私の身体は淫らに震えた。

空いている方の胸も、志弦さんの手に包み込まれて形を変えている。

「んんっ！」

志弦さんに触れられたところ全てが熱を帯びて私の心をジリジリと焼いた。

「そうだ、耳も弱かったな」

そう言って志弦さんは指先を胸元から肩を撫でるように移動させて、耳殻《じかく》を柔く摘んだ。

皮膚と皮膚が擦れる音がすぐ耳元で聞こえてくる。

やがて耳全体を覆うように舌を絡め、わざと水音を立てて私の神経を侵す。

恍惚《こうこつ》とした表情で私を見下ろしながら、志弦さんは濡れた耳殻《じかく》にそっと息を吹きかけた。

「ひゃっ……！」

空気に触れてひやりとする感覚と、耳の内側をくすぐるような風。全身がぞわぞわして、私は思わず志弦さんの腰に腕を回した。

何かに捕まっていないと、理性がどこかに飛んでいってしまう気がする。

「いい子だ」

志弦さんは心底嬉しそうに微笑むと、腰をゆっくりと揺すった。挿れられたままだった剛直がさらにその存在感を増した。

「こっちも可愛がってやらねぇとな」

既に互いの汗と蜜とが混ざり合ってすっかり濡れてしまったそこに、志弦さんの指が滑り込む。

探り当てられた剥き出しの花芯に軽く指先が触れるだけで、喉が震えて内側は締め付けを強めた。

脈打つ血管や細かな凹凸、全てが手に取るように伝わってくる。

「んんっ……あぅ！」

私の内側が全て、志弦さんで満たされていた。

お互いの僅《わず》かな身体の震えも拍動も、自分のもののように感じてしまう。

志弦さんも私の背中に腕を回し、強く抱き締めた。

「最高だ、梨枝子」

そのままゆっくりとした抽送《ちゅうそう》が繰り返された。奥に入り込むまでじわじわ圧迫され、再び入り口近くまで引き抜かれる。浮き出た血管や先端の凹凸が擦れて内側の弱い場所を刺激されて、私の身体はみっともなく震えた。

身体がいうことを聞かない。熱で溶けてしまったみたいに、私はただその場で志弦さんに揺さぶられるまま哭《な》くことしかできないでいる。

「んあっ！　ああっ……！　ん……」

志弦さんは私の身体を突き上げるように動かすと、最奥にまで腰を沈めた。

こつんと先端が何かに触れたような、同時に嬌声《きょうせい》さえも上げることができなくなる快楽が私の中で弾ける。

声にならない悲鳴をあげて志弦さんを見上げると、志弦さんはまだ余裕がある表情で私を見下ろしていた。

「どうした梨枝子。もう限界か？」

志弦さんの手が頬に触れる。だらしなく半分開いた口にその無骨な指が入り込んだ。

骨張った関節が歯列をなぞり、無意識のうちに追い返そうとする舌がその指に絡まる。鼻を摘まれたような間の抜けた声が漏れて、志弦さんの笑みが深まる。

「いい顔だ。もっと欲しいんだな」

内側を圧迫していたものがまた入り口近くまで引き抜かれ、鋭く奥を突く。

互いに濡れた身体がぶつかり合う卑猥な水音は空気を震わせて、鼓膜《こまく》さえも刺激する。

「あっ……ううっ！」

私の中で志弦さんのものが肥大していくのがわかる。そして私もそれを受け入れるために蜜を溢れさせていた。

無意識のうちに志弦さんの身体に脚を絡ませて、その抽送《ちゅうそう》を後押しする。

「いつでも楽にしてやる。こんな締め付けて、気持ちいいんだろ？」

志弦さんの言葉に私は小さく頷いた。

頭がふわふわして、ぼんやりとしか考えられない。それなのに与えられる刺激だけは克明で、脳と身体に焼き付けられているみたいに強く感じる。

「俺もそろそろ限界だ。梨枝子が欲しいならいつでも言え」

その声には確かに余裕がなくて、僅《わず》かに息も乱れていた。

返事を促すように志弦さんは私の腰を持ち上げて奥を穿った。

強すぎる刺激に、一瞬頭の中が白く染まる。

「足りないなら、まだ手はあるぞ」

志弦さんは私の下腹部に手を添えて緩く圧迫する。

内側を入っているものの感触がはっきりと伝わってきて、私の身体は陸に打ち上げられた魚みたいに跳ねた。

「それともイきすぎてわからなくなったか？　なら、そろそろ仕上げるか」

開ききった秘裂の上にある花芯。すっかり敏感になっているそこへ這わされた指が、ほんの少し沈み込む。

「あっ！　あ、だ、めぇ……！」

内側がさらに締め付けを強めた。その圧迫に応えるようにビクリと震えた志弦さんのものが欲望を吐き出した。

引き抜かれた剛直は蜜と白濁を纏《まと》い、生き物のように蠢いている。

「……まだだ」

志弦さんはそう言って私の身体を転がしてうつ伏せにさせると、逞しい腕で私の腰を引き上げる。そして白と蜜に塗れた入り口を二本の指で広げると、再び剛直を奥へと挿し込んだ。

「もう少し付き合え」

体勢を変えられたので、刺激される箇所が変わる。

でもさっきまでの行為で既にぐずぐずの私の身体は、志弦さんに支えられて形を保っていると言っていい。

そんな状態で奥に挿し込まれたものは、先ほどと同様かそれ以上に大きく感じる。

「動かすぞ」

志弦さんは私の返事を待たずに腰を揺すり始める。

締め付けを強めた内側に、それは刺激的すぎた。

支えられて無理矢理立たせている膝が震えている。力を抜いてしまえば布団に吸い込まれるようにして倒れてしまう。

「んっ！　あっ……」

ゆったりとした抽送《ちゅうそう》だけど、もう何がなんだかわからなくて私は身体を快楽に任せてただ震わせることしかできない。

「ぐちゃぐちゃだなぁ」

志弦さんが身体を私に密着させて覆い被さる。

そのせいで中のものの角度が変わって弱いところを刺激し、私はその場に崩れ落ちた。はずみで中に入っていたものが抜けてしまう。

「ご、ごめ……なさい」

倒れ込んだまま息も絶え絶えに謝る私の身体を、志弦さんは優しく撫でてくれる。

「俺のせいでぐずぐずになってんだろ？　お前が謝ることじゃねぇ。だが……」

志弦さんは私の右脚を持ち上げて秘所を顕にさせると、脚と脚の間に身体を滑り込ませて剛直を入り口に当てがった。

「もう少し相手してくれ」

ぐちゃりと音がして、もはやそこに在るのが当たり前のように熱く硬いものが内側を支配した。

飛びそうになる意識をシーツを掴《つか》んでなんとか留まらせる。

「やっぱりお前は最高の女だ。まだ足りねぇか」

志弦さんが腰を揺らすと、体勢が変わったせいか、先端が触れる箇所が変わって、慣れない感覚に何度も身体が震えてしまう。

蓄積されてきた疼《うず》きは既に何度も限界を迎え、それでもまだ貪欲に刺激を求めている。

「し、づるさん……」

「どうした？」

少し乱れているけど、上機嫌な声で応じる志弦さんは、持ち上げている右脚に舌を這わせて、時折痕を残すように歯を立てている。

「これ以上は、もう……」

喉が枯れてきて、自力で立ち上がることもできない。それなのに身体はまだ疼《うず》き続けて、快楽を求めている。

「ひゃっ！　ん、あっ……！」

「なら、どう言うんだ？　教えただろ？」

志弦さんは欲望を奥へと押し込んで私の反応を窺う。恍惚《こうこつ》とした笑みを浮かべて私を見下ろし、瞳には試すような光が見えた。

「ほ、ほしい、です……あぁっ！」

その言葉と同時に一瞬引き抜かれたものが、鋭く抉るように戻ってきた。

以降は小刻みに腰を揺すられて、切れ切れの嬌声《きょうせい》が部屋に響く。

「すぐ楽にしてやる。よく言えたな」

志弦さんは私の膝裏に口付けを落とすと、花芯を指先で弄んでさらに強く刺激を与えた。

私の奥に先端が触れて、それを包み込むように内側が締まる。

「……っ、ほんとお前は……」

余裕がなさそうな志弦さんの声。それがなんだか嬉しくて、私の口元はひとりでに綻んだ。

「すき……です、志弦さん」

志弦さんの動きが止まった。でもそれはほんの数秒で、すぐに奥へと剛直が穿たれた。

「俺もだ。愛してる、梨枝子」

枯れた低い声がとても耳に残った。

そして何度目かわからない絶頂を迎え、私はそのまま気絶するみたいに眠りに落ちた。

身体は疲れ切っていたけれど、それ以上に全身に甘く残る快楽の余韻《よいん》が心地よかった。

第八章

あれから二ヶ月が過ぎた。

私と清華さんの誘拐事件についてはだいぶ進展があり、誘拐に協力した人、清華さんを撃った人、色々な証拠が集まって、黒幕は威弦さんで間違いないという結論に至った。

そして清華さんも見つかった。意識不明の状態で県外の病院に隠されていたらしい。半月前に意識も戻ったようで、そこで全てが明らかになった。

あんなこともあったから会いたいというわけではないけど、とりあえず生きていたと聞いて安心した。

知っている人がいなくなってしまうのは悲しいから。

こうして誘拐事件は幕を閉じて、今は安心してコウくんの散歩や買い物に出かけられるようになった……はずなんだけど。

「いけません。姐さんの身には組の未来がかかっているんです」

仁王立ちの中畑さんと江原さんが私の前に立ちはだかる。

散歩に行けると喜んでいたコウくんは尻尾を下げて私にぴったりとくっ付いた。

「コウさんですから姐さんを引っ張ったりはしないでしょうが、万が一ということもあり得ます」

「姐さんが転びでもしたら……」

「でも適度に運動はした方がいいと思うんですよ。今はつわりも少し落ち着いてますし」

そう、子どもができた。予定通りに生理が来なくて、気分も悪くなったからもしかして……と思ったら、その通りで妊娠二か月目とのことだった。

志弦さんは最初は戸惑っていたけど、すぐに嬉しそうに私の身体を抱き締めてくれた。

心当たりは大いにあったとはいえ、突然で不安もあり素直に喜べないでいた私は、それで大いに救われた。

それに志弦さんの喜びようは想像以上で、妊娠が発覚した次の日には子どものためにお屋敷をリフォームすると言い出して、その日のうちに業者さんを呼んで話し合っていたくらいだ。

当然組全体もお祭り騒ぎで、気の早い志弦さんのお父様、組長さんはお祝いと称して分厚い封筒を持って駆け付けてきた。

そうして既に過保護気味だったお屋敷の人たちはさらに過保護になり、何かと気にかけてくださるんだけど……どうしたものか。

コウくんは何かを察してくれてはいるみたいだけど、期待を込めた眼差しで見つめられるとつい構いたくなる。

私の健康とコウくんのために何かいい説得方法はないかと考えていたら、玄関の扉が開いた。

「何してんだ……ああ、コウの散歩か。つわりは大丈夫なのか？」

用事を終えて帰ってきた志弦さんは、私とコウくん、中畑さんたちを見て全てを察したらしい。

「ちょうど今は……」

「ですが若、姐さんが転倒するようなことがあってはなりません」

つわりも落ち着いているので大丈夫、そう言おうとしたら中畑さんに言葉を遮られてしまった。

「組長にも姐さんの身体が第一と厳命されています」

「まあ俺としても梨枝子には大人しくしててほしいんだが……」

「少しくらい身体を動かさないと、必要な体力まで無くなっちゃいます」

私は志弦さんの目を見て懇願する。

ずっとお屋敷に閉じこもっている方が身体によくない。

「……それもそうか」

そう言って志弦さんは私とコウくんの方に近付いてきて、私の手からコウくんのリードを取った。

「俺が持てばいいだろ」

「え……お時間は大丈夫ですか？」

いつものことだけど志弦さんは忙しい。最近はリフォームや私の妊娠で内容を変えざるを得ない結婚式の準備も加わって、休む間もなく飛び回っている。

「コウの散歩に行く時間くらいはある。それに梨枝子が外に出るなら一緒にいた方が安心できる」

まあ志弦さんがそう言うならいいのかな。

中畑さんたちもそれなら問題ないかと仁王立ちをやめて玄関前から退いてくれた。

その他見張りの組員の方々に見守られつつ、私たちはお屋敷を出た。横を歩くコウくんはリードを持っているのが志弦さんだからか、なんだか背筋が伸びている気がする。

「こうやって一緒に散歩に行くのは久しぶりですね」

「本当はずっと隣にいてほしいんだが、さすがに仕事に同行させるわけにはいかねぇからな。何か困ってることはあるか？」

「お屋敷の皆さんにはよくしてもらってますし、不満なんてありませんよ」

強いて言えば先ほどみたいに過保護すぎるところだけど、私とお腹の子どものためを思ってのことだから仕方ない。皆さんが喜んでくれているのも伝わってくるし、祝福が嬉しくないと言えば嘘になる。

「何かあればすぐ言えよ。俺にできる事はお前の周りの環境を整えてやるくらいだからな」

「ありがとうございます。今は十分すぎるくらいですよ」

私はゆっくり自分のお腹を撫でる。ここに私と志弦さんの子どもがいる。まだ見た目じゃわからないけど、確かな温もりがそこにあった。

それにしても、まさかヤクザさんと結婚して子どもまでできるなんて、人生何があるかわからないな。

途中で記憶を失ったりもしたし……今思えばそれがなければ三ヶ月前にとっくに結婚してたのか。

申し訳ないような、でも、改めて見つめ直す機会をもらったと言うべきか。

正直なところ、婚姻届に判を押した時点ではまだ悩んでいた。本当にこれでよかったのか。

私は隣を歩く志弦さんの横顔を眺める。

いつもどこか険しい顔で、強引で何を考えているのかわからないけど、いつも私のことを一番に考えてくれて、記憶を失ってもそれは変わらなかった。

だから私は、またこの人を好きになった。

「今日は調子がいいので何か作ろうと思うんですけど、何か食べたいものはありますか？」

「ああ、それなら……」

「ポタージュは作りますよ。お芋多めで」

そう言うと、志弦さんは口元を緩ませた。

「そうだな。それで頼む。あとは肉系か」

「じゃあハンバーグにします。チーズも入れますね」

せっかくだから志弦さんの好きなものにしよう。となると、冷蔵庫の中身確認しなきゃ。つわりで最近作れてなかったから……

そんなことを思っていたら、突然志弦さんが足を止めた。コウくんが止まったのかな、と私も足を止める。

次の瞬間、優しく肩に腕を回されて、気付けば頬に口付けを落とされていた。

あのここ、歩道なんですけど。お屋敷じゃないんですから誰かに見られたら……うーん、目の届く範囲に人はいなさそう？　いやでも恥ずかしいんですが。

「頬だけでそんな反応してくれるんだな」

「だってこんなところで……」

顔が火照って戻らない。それも恥ずかしくて余計に反応してしまう。

そんなことをして立ち止まったからかコウくんが私の足元にくっついてきた。物欲しげに私を見上げてきたので、しゃがんで首の下をもふも……触らせてもらう。

「ほら、コウくんがいるじゃないですか」

「別にコウはいいだろ」

そう言いながら志弦さんもコウくんの頭を撫で始めた。目線が同じ高さになってドキッとする。

「なあ、梨枝子」

「は、はい」

湿った唇が近い。さっきの口付けのせいで妙に意識してしまう。

「俺のことは忘れても、腹の子のことだけは忘れないでくれるか」

「志弦さんのこともこの子のことも、絶対に忘れたりしません。ちゃんと守りますよ」

まあ実際一年分の記憶をごっそり忘れてるから、そんな心配もしてしまうんだろう。

ここは、見せるしかない。私は意を決して志弦さんの方に顔を近づけてその唇に軽く触れた。唇と唇が掠《かす》れたような、そんな微かなことしかできなかったけど、志弦さんは相当驚いたようで目を見開いて固まっている。

「コウくんも証人です」

まあ証人なんて立てなくても、もう忘れることはないはずだ。

いつか産まれてくるこの子のためにも、絶対忘れちゃいけないから。

「それにもし万一忘れてしまっても、また志弦さんが思い出させてくれますよね？」

悪戯っぽい笑みが浮かぶ。そんなことは起こらないとわかっているけど、そんな思いが私の気持ちを軽くさせてくれているから。

志弦さんは困ったように微かに鼻で笑い、私の頭を優しく撫でてくれた。

番外編　志弦

梨枝子に対する己の執着に気付いたのは、かなり最近のことだった。

気に入っているという自覚はあったが、それまではたかが女一人、留めておくのは容易だと思い込んでいた。

それどこか、俺が目を付けている間は当たり前のようにそこにいるものだと、留めておかなければという意識すらなかったのだろう。

その慢心が一度目は後悔、二度目は焦りを招いた。

いつものように梨枝子と一緒にコウの散歩に出かけた時、突然知らない男に襲われた。

男の狙いは俺だった。だが、梨枝子が俺を庇《かば》って代わりに撃たれた。

血を流しながら俺とコウの無事を喜んで力無く笑った梨枝子を見た瞬間、俺の中にあった何かが弾けた。

それは元々俺の中にあった感情で、梨枝子と接しているうちに大きくなっていたことに、俺の中で大きくなっていた梨枝子の存在に、その時初めて気が付いた。

それが一度目の後悔だ。

もっと早いうちに自覚していれば、あらゆる手を尽くして梨枝子が血生臭い諍いに巻き込まれないよう、慎重かつ確実に行動したはずだ。そもそも、あの凶弾は俺が受けるべきだった。

梨枝子の身体に、弾痕なんてものがあってはならない。俺の責任だ。

「その怪我の責任を取る」

「責任って……いや、急すぎるというか、私と上条さんの関係って……」

「今回の件でよくわかった。俺はお前が好きだ。失いたくない」

梨枝子が撃たれた瞬間、脳裏に最悪な想像が駆け巡った。

色を失った世界に、梨枝子がいない。元々闇の中で生きていた俺にとっては元に戻るだけなのかもしれないが、一度得てしまった光を失うのがこれほど恐ろしいと思わなかった。

同時に、やはり俺のような人間が梨枝子のような普通の女に執着するべきではなかったのだと思い知らされる。

しかし俺の欠落した部分を埋めるのは、梨枝子以外にあり得ない。

最初は無防備で単純な女としか思っていた。

慣れない繁華街に繰り出し、場慣れしていないことを見抜いたタチの悪い輩に絡まれる。無知な女はいいカモで、そこじゃよくある光景だ。

俺が通りかかったのは、単なる偶然。

無視して通り過ぎることもできたが、それをしなかったのは、なんとなく正義の味方を気取りたくなったからだ。

その繁華街の元締めの組織の、さらに上部団体に属する人間がすることではないと思ったが、その時はただなんとなく、この普通の女の人生に介入してみる気分になっていた。

しかしそれは少しずつ逆転していった。


『今日はグラタン、作ってみたんです』

『オーナーからいい野菜を貰ったので、今日はこれで鍋にしますね』

『コウくんが今日も可愛くて、膝に頭乗せてくれたんですよ』


塗り替えられたのは俺の方だった。

始めは梨枝子の作ったものが美味かったこと、あまり人に心を開かないコウが梨枝子には初対面で懐いたこと、それで興味を持った。

裏の社会で代わり映えのしない日々を送っていた俺には、表で生きている梨枝子が新鮮だった。

梨枝子と過ごしていると、俺が普通の人間のように思えてくる。

だが、梨枝子は違ったらしい。当然だ。あいつは元々普通の側にいる人間だから。

『上条さんと結婚は、その……私じゃ釣り合いません』

そう言って梨枝子は俺と距離を置こうとした。

撃たれた傷口が塞がった頃には喫茶店での仕事を再開し、俺から離れるために屋敷を出る準備まで始めていた。

当然手放すつもりは毛頭無く、俺は梨枝子が契約していたアパートを秘密裏に買い上げて当面の時間を稼いだ。外堀を埋め、説得するために。

しかしその時はまだ焦っていなかった。

結婚という契約に応じてもらえなくても、梨枝子が近くに居てくれるのならそれで構わないと思っていたからだ。

それが慢心だと気付いたのは、兄貴が梨枝子に接触した時だった。

梨枝子が奪われる可能性は、俺が持つありとあらゆる手段を使い叩き潰す気でいた。だが兄貴が相手となると、一筋縄ではいかない。

兄貴は俺が中学生に上がった頃に分家である条元の家に養子に出された。弟の俺ではなく兄貴だったのは、当時は俺の方が優秀だと思われていたから。

しかし俺からすれば俺と兄貴の能力に大きな差はない。

実際、兄貴が条元を継いでから条元は条堂組の傘下《さんか》の中で無視できない存在になった。兄貴が社長として興した会社は今や条堂組の大きな収入源だ。

だがそれは兄弟仲良く手を取り合って条堂組を盛り立てていくため……ではなく、下克上のつもりだろう。

上条の中での立場を奪った弟を引き摺り下ろす。

飄々とした態度で表面上は取り繕いながら、俺を貶め全てを奪う。それが兄貴の望みだ。

そんな兄貴が梨枝子に目を付けないわけがなかった。

兄貴は喫茶店《ロード》に一般人のふりをして通い、梨枝子に接触してきた。

思えばこの時の見張りは主に寺前だった。この頃にあいつは兄貴と繋がったのかもしれない。だから兄貴と梨枝子が接触していることに気付くのが遅れた。

そしてある日、梨枝子は仕事に行くと言って出発しておきながら、見張りを撒《ま》いてどこかに消えた。

体のいい言葉で兄貴に誘い出されたんだろう。大方、俺と距離を取るための方法だろうが。

梨枝子に付けていた見張りがあっさり撒《ま》かれたのも、兄貴が裏で手を回していたからに違いない。

そのせいで見つけた時には梨枝子と兄貴は既に接触した後だった。

「兄貴に何を言われた？　どうして二人きりで会っていたんだ。俺に黙って」

屋敷に連れ戻して問い詰めると、梨枝子は顔を青くして一歩後ろに下がった。

「……そんなに俺と結婚するのが嫌なのか」

この時、俺の中にあった感情は怒りだった。

まだ数回しか会っていないであろう兄貴を頼ってまで、俺と距離を置きたいのか。兄貴の方を頼るつもりなのか。

……奪わせるつもりなのか、よりにもよって大嫌いな兄貴に。

兄貴はただ単に、珍しく俺が執着を見せている女を奪い、混乱させたいだけだ。

そのために梨枝子を利用しようとしている。

下らない身内の騒動に巻き込み、その身に危険が及ぼうと、利用するだけ利用して切り捨てるだろう。

「俺はお前以外選ぶ気はねぇ。兄貴が何を仕掛けてこようが、俺の女は梨枝子だけだ」

梨枝子は肩を震わせ俯きながら、小さく首を横に振った。

明らかな拒絶を示す反応に、胸の内側が騒ついた。俺は思わず胸元を押さえて、自分を落ち着かせるためにゆっくりと息を吸う。

やけに強く鳴り始めた心音が煩い。

「……何が不満なんだ。心配しなくても梨枝子の事は俺が守る。生活にも不自由はさせねぇ」

俺がヤクザで差があることを気にしているのだとしても、俺が迎え入れる気でいる以上、梨枝子が一般人だからという理由での反対は起こらないだろう。

梨枝子がその気になってくれさえすれば、後の厄介ごとは全て俺が引き受ける。梨枝子は屋敷で穏やかに過ごし、時折美味い食事を食わせてくれるだけでいい。

それなのに、梨枝子は再び首を振った。

「上条さんは、私が撃たれて怪我をしたのを気にして、そう言ってくださってるんですよね。上条さんは、優しい人だから」

……優しい？　誰が？

確かに梨枝子に対しては優しく接しているつもりだ。梨枝子だから、優しくしている。

「お前だけだ。撃たれたのが梨枝子だったから心配したんだ」

「前にも言いましたけど、傷口はほとんど塞がって痛みもありませんし、もう大丈夫ですから。何回か仕事に行きましたけど、別に気になりませんでしたし……」

だからもう怪我に責任を感じる必要はなく、わざわざ結婚までして責任を取ってもらおうなんて思っていない。

梨枝子はそう言って傷痕があるであろう腰の辺りをさすった。

俺を庇《かば》ってできた二ヶ所の傷痕。確かにそれが俺の意識を変えた。

当然責任はまだ感じていて、梨枝子を襲った恐怖や痛みを思うと、襲撃犯にも同じ苦しみを与えることなく終わらせてしまったことが悔やまれる。

しかし、それはあくまできっかけであり、梨枝子を妻として迎え入れることは既に決まっていることだ。

あとは梨枝子が首を縦に振ってくれさえすればいい。それなのに梨枝子は、俺が梨枝子の怪我のことしか気にしていないような口振りで拒否する。

「……梨枝子、お前は全然わかってねぇ」

胸のざわつきは緩やかに怒りへと変貌していく。

どうしてわからないんだ。お前が欲しい、ただそれだけのことがなぜ伝わらない。

「いや、だって、私の身体に痕が残ったとしても、上条さんがそこまで気にする必要は……」

「違う。梨枝子、全然違う」

驚くほど低い声が漏れて、それを聞いた梨枝子の顔からサッと血の気が引いていた。

怖がらせるつもりはなかった。だが、ふつふつと湧き出してくる不満をどうも抑えることができない。

俺は梨枝子の腕を掴《つか》み、足払いをした。

梨枝子の身体がその場に崩れ落ち、畳の上に尻餅をつく。

「か、上条さん、待ってください！」

「待てねぇ」

そのまま畳の上に押し倒し、梨枝子を見下ろす体勢になる。

慌てる梨枝子の顔を見ながら、どうするべきかを思案する。たった一人の女に、自分がこれほど執着しているという事実をわからせたい。

地下に閉じ込めて外界から隔離する。梨枝子の居場所、もの、財産、全てを奪い俺の下でしか生きられないようにする。ドロドロに甘やかして、再起不能にする。

やり方は何でもいい。とにかく梨枝子に俺を受け入れさせることができれば、それで十分だ。

「責任は取る。いや……取らせろ」

手首を掴《つか》む手に力が入り、畳で手の甲が擦れたのだろう。梨枝子の顔が僅《わず》かに強張る。

その表情を見た直後、心臓が奇妙な音を立てた。

薄らと色付いた頬の柔らかな輪郭、熱を帯びて潤んだ瞳、微かに開いた無防備な唇、耳朶から首筋までの滑らかな肌、梨枝子の全てが己の視覚に何かを訴えかけているように思えてならなかった。

「……っ」

自分が何を言い出そうとしたのか忘れるほどに、俺は梨枝子に釘付けになっていた。

梨枝子を痛め付けるのは本意ではない。ただ、彼女の支配権を己の手が握っているという事実に、抗いがたい悦びを感じていた。

いつの間にか怒りが欲望にすり替わり、俺は本能の赴くまま耳朶に噛み付き、耳殻《じかく》に舌を這わせた。

梨枝子の高くか細い声がすぐ近くから聞こえてくる。

「まっ……んんっ！」

指先を絡め、唇を塞ぐ。梨枝子は抵抗するように身を捩ったが、半身で押さえつけた。

口付けの間の呼吸法を知らないのだろう。梨枝子が首を振って逃れようとするので、苦しくなりすぎない程度に唇を離す。

「飲め」

呼吸が乱れてきたところに唾液を流し込み、喉が動いて飲み込むのを確認する。それを三回ほど繰り返し、俺は唇を離した。

我ながら酷なことをしている。だが梨枝子には俺という存在をありとあらゆる方法で刻み込みたかった。

本来ならこんな形ではなく、より紳士的で順序立ったやり方があっただろう。

一人の女に対するこれほどまでの執着に、なぜ気付かなかったのか。

「もっと早くから、こうしとくべきだったな」

それならもっと優しくできただろうか。そんなことを思いながら唇の端から溢れた唾液を親指で拭い、そのまま口内に差し込む。

温かく湿った舌先に触れると、梨枝子は舌足らずな声で鳴いた。

そうして柔く噛まれた指先から広がった甘い痺れは、俺の中の理性を鈍らせ、欲望を呼び起こす。

「二度と出て行くなんて言わせねぇ」

俺の元から離れるという選択肢を奪う。

梨枝子ひとりくらいなら世間から存在を切り離して屋敷に留めておくのは造作も無い。物理的に閉じ込めておくための手段もある。

孤立させるよう仕向ければ、梨枝子は俺だけを見て依存するようになるだろう。

想像するだけで背筋が震えた。

「俺のものになれ、梨枝子」

上着を脱ぎ捨ててネクタイを外す。シャツもインナーも煩わしい。当然、梨枝子の肢体を覆う布も邪魔だ。

乱れた服の隙間から直接梨枝子の肌に触れて捲《まく》り上げる。顕になった胸の頂は赤く色付き、俺は脱がせている途中の服で梨枝子の腕を押さえつけながらそこに噛み付いた。

「そんなとこ……ひあっ！」

舌先で頂を転がし、もう一方を柔く掴《つか》む。

指の間から少し溢れて膨らんだ部分が、堪《たま》らなく美味そうに見えた。

「綺麗だ」

上の服を取り払うと、梨枝子の滑らかな輪郭がはっきりと浮かび上がった。

支えを失い、僅《わず》かに左右に垂れた胸を内に寄せた。

程よい大きさのそれは俺の手の中で思うがままに形を変え、じっとりと熱を帯び始める。

両手で梨枝子の胸元を弄びながら、俺は梨枝子の表情を観察していた。

恥ずかしげに目を逸らし、熱に浮かされたような表情を浮かべて虚空《こくう》を見上げている。

初めて見せる表情だ。俺が、この顔をさせている。

ゾクリと背筋が粟立った。

「か、上条さん、まって……」

薄い唇が何かを訴えかけるように上下するが、掠《かす》れた音は鼓膜《こまく》を不規則に震わせるだけだった。

「聞こえねぇよ。梨枝子」

腰に手を回し、スカートのホックを外してファスナーを下ろした。

そのままスカートを脱がせると、梨枝子は顔を赤らめて目を逸らす。

俺の唾液で濡れた耳も赤く染まり、白い首筋が際立って見えた。胸元から腰骨に至る曲線に沿って手を滑らせ、大腿に触れる。

「こっからが本番だ」

固く閉ざされた脚の付け根に手を這わせ、隙間に指先を滑り込ませる。

湿った茂みの奥に、瑞々しい感触があった。

「やぁっ……！」

梨枝子が可愛らしい声を上げる。

口付けと少しの前戯で蜜を溢してくれたらしい。湿り気を帯びた花芯を指の腹で数回撫でると、秘裂はあっさりと俺の指先を受け入れた。

熱く濡れた内側は柔らかく、小さく円を描くようになぞれば、ひくりと痙攣して蜜を吐く。

「もう少し、か」

己の半身に熱が集まっている。少し前から昂《たかぶ》りは感じており、一刻も早く指先ではなく己のもので味わいたかったが、まだ梨枝子の方の準備ができていないのでなんとか堪《こら》える。

指を奥に沈めて内壁を押すと、甘く高い声が梨枝子の口から漏れ出た。

柔らかな肉壁を指先で擦り、広げ、入り口の花芯を弄ぶ。

やがて溢れた蜜が割れ目を伝い落ちて、畳を濡らした。

「と、止めて……っ！　汚しちゃう……ああっ！」

「いくらでも溢せばいい。それだけ感じてるんだろ？」

俺の指先を受け入れてそれで感じ、あられもない姿を晒してくれる。そのために畳の一枚や二枚、安いものだ。

だが、板の間ほどではないが硬く冷たい畳の上でこの先の行為を続けるのは梨枝子の身体への負担が大きいかもしれない。

俺は指を抜いて、梨枝子の身体を抱き起こした。

内側にあった異物が消えたからか、梨枝子は俺の腕の中でぐったりと脱力する。

「移動するぞ」

「……え？」

あれで終わりだと思ったのだろうか。梨枝子は目を見開いて俺を見上げた。

「続きは負担の少ないところの方がいいだろ。それとも、ここでこのまま続けるか？」

梨枝子はゆっくりと首を横に振った。

だが抵抗するようにその場から動こうとはしなかった。

「悪いが、止める気はない。俺を受け入れてくれ、梨枝子」

隣の部屋に続く襖《ふすま》を開ける。布団が敷かれたここは、俺の寝室だ。

動く気がないのなら運ぶしかない。俺は硬直している梨枝子の身体を持ち上げて布団の上に転がした。

そして再び梨枝子の身体の上に覆い被さり、ズボンを寛げる。

赤黒く肥大した欲望が天を突く。梨枝子は初めてであろう男のそれを見て、短い悲鳴をあげた。

「安心しろ。これだけ濡れてりゃ大丈夫だ」

「そ、んな……」

梨枝子の綺麗な瞳に俺の醜い欲望が映っている。

蜜で濡れた指で張り詰めた表面を撫でると、透明な粘膜が薄く筋を作った。

俺はそれを梨枝子の下腹部の上に乗せる。

「俺にはお前が必要だ。離すつもりはない」

そのために、ここに全てを刻み込む。

仰向けに横たわる梨枝子の脚を広げさせて、その間に身体を滑り込ませた。

その状態から両脚を持ち上げると、濡れた部分が露わになる。色づいた蕾は灯りを受けて妖しく光り、誘うようにピクリと跳ねた。

「み、見ないで……」

梨枝子は脚を閉じようとしたが、俺の身体が間にある以上、その動きはむしろ俺の身体を脚で抱くようなものだった。

「ちゃんと入った方がいいだろ？」

前の彼氏とは何も無かった。それは出会ったばかりのあの日、梨枝子は酒に酔ってあれこれ文句と愚痴を言っていた時に口を滑らせた。

女としての魅力と若さで負けたのか、そう言っていたが、だとすると前の彼氏《あいつ》の目は相当な節穴らしい。

少なくとも俺の目の前で生まれたままの姿を晒す梨枝子は、甘い芳香《ほうこう》を纏《まと》って堪《たま》らなく旨そうに見えた。

俺より先に梨枝子と出会っておきながら、俺のために残してくれていたのかと、少し感謝したほどだ。

蜜の滴る秘裂を指先で広げ、先端を挿し込んだ。

「ひゃっ……ああっ！」

鼓動のたびに波打つ内壁と熱が俺のものを包み込んで、薄い粘膜越しに梨枝子の全てを感じていた。

拒むように収縮する奥をこじ開けて腰を突き動かすと、やがて先端が最奥に触れる。

梨枝子の身体は大きく震えて、俺のものを強く締め付けた。

僅《わず》かな身動ぎで内側が擦れるだけで、梨枝子は嬌声《きょうせい》を上げてさらに蜜を溢す。

接合した部分は別の生き物同士が絡み合っているようで、感触と快楽はあるものの妙に現実味がない。

俺は半分ほど剛直を引き摺り出して、再び奥へと押し込んだ。

ぐちゃりと水音がして、肌と肌がぶつかり合う。

「んんっ！　や、やらっ……」

締め付けを強める内側とは対照的に、可愛らしい声を漏らす唇は半開きで、梨枝子は舌足らずな音を漏らしながら、身体を震わせていた。

「やめるか？　俺もお前も、ここまで感じてるってのに」

ゆっくりと腰を揺すりながら問いかけると、梨枝子はその潤んだ瞳を大きく見開いて、口元をはくはくと動かした。

掠《かす》れた声は俺の耳には届かない。

少しの間何かを考えていたようだが、やがて梨枝子は小さく首を横に振った。

そして両腕をゆっくりと俺の背中に回して、僅《わず》かに爪を立てる。

皮膚から伝わってくるピリピリとした緊張と、梨枝子の手の熱。

それは俺の中に僅《わず》かに残っていた理性を吹き飛ばすには十分すぎる刺激だった。

やがて欲望の赴くまま、俺は梨枝子を抱いた。

梨枝子の身体を醜い欲望で貫き、徹底的に蹂躙《じゅうりん》した。

甘く湿った嬌声《きょうせい》を上げながら震える細い肢体を抱き寄せて、昂《たかぶ》りを叩き付ける。

互いの欲に塗れ、照明の元で妖しく光るそれを梨枝子の内側に押し込むたびに、半身に帯びた熱が高まっていくのを感じていた。

「あっ……んんっ！」

熱く濡れた内側に締め付けられ、密着した身体からは梨枝子の早鐘を打つような心音を感じる。

僅《わず》かに擦れ合うだけでそこで生じた快感が全身に伝わり、脳が痺れた。

気を抜けば持っていかれる。それもそれで悪くはないが、どうせなら最大限まで高めてこの身体を味わい尽くしたい。

開ききった秘裂の上で綻んでいる蕾に指先を伸ばす。

「ひゃっ！　あっ……！」

蜜を纏《まと》ったそれを撫でると、梨枝子の身体が跳ねて、ひくつく内側がさらに締め付けを強めた。

「や……これ以上っ……ん！」

「これが仕上げだ」

腰を突き動かして、最奥へと欲を叩き込む。

その瞬間、昂《たかぶ》りが弾けて梨枝子の内側に己の欲が流れ込んだ。

「……お前と結婚するのは俺だ」

耳元で囁いたが、おそらくもう聞こえていないだろう。吐精を受け入れると同時に果てた梨枝子は荒く息を吐きながら濡れた瞳で俺を見上げていた。

あの夜から、俺は梨枝子への劣情を隠すことをやめた。

梨枝子と出会って半年以上、時折食事を作ってもらい、コウの散歩に行く。基本的にはそれだけだが、条堂組の若頭として常に気を張って生活している中で、梨枝子と過ごすその時だけが唯一の安らぎになっていた。

しかし梨枝子はカタギだ。今以上を求めてはならない。そう思いあえて蓋《ふた》をしてきた感情だったが、もうその必要はない。

俺から梨枝子を奪おうとする人間は、たとえそれが梨枝子自身だとしても許さない。

「志弦、さん……もう、抜いてくださ……んんっ！」

手始めに、梨枝子との関係を既成事実にする。

子どもを作ってしまうのが一番手っ取り早い。だが俺の欲望に付き合わせて無理をさせている梨枝子に、さらに負担をかけることはできず、最初以降は配慮している。

それ以外にも、似合いそうな鞄や靴を渡したりしてみたが、恐縮されるばかりで喜んでいるのかわからず、一緒に店に行っても何も買おうとしなかった。

俺は与えられるばかりで、何も返すことができていない。

梨枝子に何を残せばいい。どうすれば梨枝子は俺を見てくれるのか。

俺は梨枝子を抱いてその身体に俺の欲を打ち付ける。忘れたなどと言わせないために、時間を見つけては梨枝子を抱き、その身体に俺を刻み込んだ。

果ててしまった梨枝子の額を撫でながら、内側で肥大していた欲望を引き出す。

「いい子だったな、梨枝子」

「そう……ですか。よかっ、た……」

あの夜から少なくとも十回以上の行為を経て、梨枝子に男を覚えさせることには成功した。始めはぎこちなかったものの、行為を繰り返すうちに少しずつ素直になっていった。行為中に初めて梨枝子の方から求められた時は、恥ずかしがるその顔がどうしようもなく可愛く見えて、このまま地下に閉じ込めて隠してしまおうかと思った。

「……決心はついたか？」

「それは……」

梨枝子は気まずそうに目を逸らす。

結婚して俺の妻になってほしい。ずっと言い続けているが悩んでいるんだろう、まだ返事はない。法律上は紙を一枚出せば夫婦になる事はできる。勝手に出して梨枝子を妻にしてしまうことも考えたが、形だけなら意味はなく、それが梨枝子に知られて何らかの悪い感情を持たれてしまうことの方が恐ろしかった。

「了承してくれるのはいつでもいい。まあ、早い方がいいが……いずれにせよ、お前を逃すつもりはない」

返事を貰えるまではここで梨枝子を守ればいい。屋敷に閉じ込めておけば兄貴も簡単には手出しできないだろう。

それまでは梨枝子をドロドロに蕩けるまで甘やかし続けて、俺の存在を刻み付ける。壊れて俺の元に堕ちてきてくれても構わない。

「志弦さんは、どうしてそこまで私を……？」

行為の後の熱に浸かり、掠《かす》れた声で梨枝子が問いかける。俺を見上げる瞳は湿り気を帯びて輝いて見えた。

俺は梨枝子の身体を抱き寄せる。互いの体液で濡れた皮膚同士が吸い付くように張り付いた。

「もう戻れねぇからだ」

「……もど、る？」

「梨枝子を知る前の俺に、だ。お前と会う前の俺がどう生きていたのか、ほとんど思い出せねぇ。常に気を張って、組のために動いていた。俺にはそれしかなかったからな」

俺は文机の上に目をやった。

そこには真新しい用紙が筆記具と共に置かれている。白紙の婚姻届だ。

梨枝子が判子を押した後に俺も記入する。梨枝子の意思がなければ、本当の意味で梨枝子を手に入れた事にはならない。

俺は梨枝子の全てが欲しい。いなくならないように捕まえておくのは当然の事だが、心はどうだろうか。

「俺は梨枝子が折れるまで待つ」

捕らえておくことができないのなら、梨枝子自身の手で作られた証拠が欲しい。

心を折ったという証拠が。

◆

俺はただ好きな女を手に入れたいだけなのに、兄貴といいあの女といい、どうして邪魔をしてくるんだ。

あの女の方は家同士の関係もあり昔からの知り合いだ。梶切組という組織を仕切る条堂《ウチ》の中でも古参の一族。その当主の孫娘、梶島清華。

所詮家同士の付き合いで顔を合わせてきた程度、人づてに今はヨーロッパの方で留学していると聞いてはいたが、全く興味はなかった。

いつの間にか戻ってきて、梨枝子と接触するまでは。

ちょうど兄貴が梨枝子に手を出してきたのと同時期に、あの女はふらりと屋敷に現れて梨枝子に近付いた。

『清華さんは組のこととか、わからないところを教えてくれますし、いい人ですよ』

こっち側の人間とはいえ、歳の近い同性である清華に梨枝子は気を許しているようだった。

頼るなら俺にしてほしかったが、女同士のほうが話しやすいこともあるんだろう。屋敷が男ばかりなせいで何か溜め込んでいるかもしれない。

そう思って清華が梨枝子を買い物や食事に誘って出かけるときも、護衛は付けたが止めようとはしなかった。実際梨枝子も帰ってくると楽しそうに話をするからだ。

しかしあの女の本当の狙いは条堂組若頭の妻の座だった。

梨枝子を頻繁に誘っていたのは、梨枝子と周囲を油断させるためだったんだろう。

だがこのやり方には違和感があった。梨枝子が邪魔なら誘拐なんてせずに手っ取り早く消せばいい。あの女は自分の誘拐に梨枝子が巻き込まれたように見せかけはしたが、すぐに殺そうとはしなかった。

むしろ殺す気はなかったに違いない。隠そうとはしていたが、監禁場所の廃ビルには十分すぎる量の食事の用意や寝袋といった必要なものが一通り揃《そろ》えられていたからだ。

あの女には梨枝子を生かしておくメリットがない。そもそも誘拐というリスクの高い手段を取るまでもない。それならば誰がその判断をしたのか。

しかも帰国して間もないあの女に、この俺が護衛を付けてまで守っている人間を攫うという芸当ができるものなのか。当然、他に協力した奴がいるはずだ。

いや、協力ではない。利用だ。梶島清華はあの誘拐事件以降行方不明になっていた。捨て駒として利用されて捨てられたんだろう。あの女の身に何かあれば孫娘を溺愛している梶切組の組長が黙っているはずがない。

あの誘拐の実行犯は金を握らされた条堂組傘下《さんか》組織の組員で、側から見れば俺の部下になる。俺が梨枝子を狂言で誘拐し、助け出して信頼を得る。ついでに邪魔な清華を始末する。

この誘拐事件はこういうシナリオだったと思わせたかったのか。

……誰が。

すぐに一人の男の腹の立つ顔が思い浮かんだ。

梨枝子を俺の元から引き離したがっていた男、俺を貶めようとしている男。

今思えば、全てが兄貴の掌の上だったんだろう。

シナリオの大筋は先の推測通りとして、梨枝子を助け出す役割をそいつが担えば、梨枝子を俺の手から奪う口実になる上に、俺には梶切組の孫娘誘拐と殺害の容疑がつく。

幸いなことに梨枝子の居場所は人海戦術とコウの鼻でなんとか嗅ぎ付け、助け出すことができた。

廃ビルの暗い部屋の壊れた棚の中で縮こまるようにして倒れていた梨枝子を見つけ、目を覚ました時は心底安堵したが、まさかここ一年間の記憶を丸々失っているとは思わなかった。

梨枝子は恐怖と不安、疑いが混じり合った表情を浮かべながら俺の手を払いのけた。あの時、叩かれた手の甲が妙にピリピリと痺れていたのを覚えている。俺は一瞬、何が起こったのかわからなかった。

「あなたは、だれ、ですか」

「は？」

気が動転しているんだろう。はじめはそう思っていたが、その後のやりとりでその希望は粉々に打ち砕かれた。

「一時的なモンかもしれねぇし、しばらく様子見か」

それは自分に言い聞かせるための言葉でもあった。

梨枝子が意識を失っていた時に医者に調べさせていたが、監禁されている間に薬や毒物が使用された形跡はなかった。目立った外傷もなく、精神的な要因による一時的なものと考えるしかない。

「目が覚めたばっかで混乱してるんだろ。また夕方にでも顔出すから、そん時にまたゆっくり話すか」

とりあえず必要なのは時間だ。記憶がない状態でこんな場所で目を覚ましたら気も動転するだろう。なにより俺自身が落ち着くためにも、一度状況を整理したかった。

廊下に出ると、部下たちが不安げな面持ちでこちらを見ていた。

「若、姐さんは……」

「かなり混乱してる。梨枝子が怯えるからお前らは廊下で待機してろ。何かあれば呼べ」

あの状態ですぐに出て行こうとするとは思えないが、念のために見張りは置いておいた方がいいだろう。精神科の医者も手配するか。だが結局は時間が解決する問題だ。今のところはあまり刺激しないようにするのが最適解だろう。

梨枝子にはすべてを思い出してもらい、何が起こったのか話して……いや、待て。

記憶を自ら失うほどの目に、梨枝子は遭ったのだ。

それを思い出させて心の傷が開いたらどうする。

元はといえば俺のせいだろう。俺が梨枝子を守ることができなかったからこうなった。

今回の件に片を付けるのは俺だ。

それに……何も覚えていないのなら、ゼロから教え込めばいい。俺がどれだけ梨枝子に惚れ込んでいるのかを。

薬指に嵌めた指輪に触れる。結婚指輪ではないが、梨枝子にも男除けとして付けさせていた。婚姻届に判を捺してもらうまで待つと言いながら、目に見える形で俺のものだと主張するために。我ながら意地汚いやり方だ。

梨枝子を手放す気は毛頭ない。だが、繋ぎとめるものはひとつでも多い方がいいだろう。

例え記憶を失っていようが、俺が愛している梨枝子に変わりはない。

だからこそ、このまま梨枝子を真綿で包むように大切に扱い、俺だけの梨枝子に、俺だけを見て依存するように育てよう。暗闇に怯える梨枝子を抱きながらそう思った。

◆

だが裏に兄貴がいたせいで、そう易々と事は進まなかった。

梨枝子の誘拐に兄貴が関わっていたのは間違いないが、肝心の証拠が残されていない。

俺が梨枝子を助け出した時、梨枝子は監禁されていたはずの部屋ではなく、別の部屋で隠れていた。まるで何かから逃げてきたように。

当時の状況と現場から推察するに、俺が兄貴の想定よりも早く梨枝子の監禁場所を突き止めたから、口止めのために誘拐犯と清華を殺そうとした。

その諍いに紛れて梨枝子は監禁されていた部屋から逃げて隠れていたんだろう。

実際あの現場で梨枝子以外に残っていたのは物言わぬ死体だけだった。

しかしその死体の中にあの女のものはなかった。

誰かが連れ去ったのか、あるいは自力で逃げたのか。生きているのならありとあらゆる手段を使って事実を吐かせるが、死体すら見つからない状況ではどうしようもなかった。

まあ、あの状況で梨枝子が生きていただけマシか。

これ以上兄貴に介入されないためにも、少なくとも記憶を取り戻すまでの間は梨枝子を付きっ切りで守りたいところだが、俺自身も今回の件の後始末や調査の他、仕事が山積みで会う時間すらなんとか捻出していたくらいだ。

その分できるだけ俺の目の届く場所、屋敷から梨枝子が出ていかないように、外出すらしなくても困らないようにしていたつもりだった。

だが、コウの散歩くらいなら許可してやるべきだったか。

梨枝子は屋敷を抜け出してもともと働いていた喫茶店に向かった。

今思えば、梨枝子にとっては当然の行動だったろう。あの時の梨枝子にとってはあそこが一番なじみのある場所だったんだから。兄貴はそれをわかっていた。わかった上で、梨枝子が外に足を向けるように誘導した。寺前の野郎を手駒にして。

寺前が兄貴と繋がっていた。それでこれまでの騒動の不可解な部分の説明がつく。

梨枝子が屋敷を抜け出した日、見張りは寺前と中畑の二人だった。

庭師への指示は寺前に任せていたが、そもそも庭師の手配を提案したのも寺前だった。部外者が足を踏み入れることは少ない場所だが、あまり荒れていては見栄えも悪く、梨枝子が気にするかもしれない、と。

梨枝子は気付いていなかったようだが、あの日は塀にある潜り戸の南京錠も外されていた。まるで梨枝子を屋敷の外に誘い出すように。

そして都合よく現れた来客は、条元の方とも関わりのある組織の人間だった。突然来た割には大した用件でもなく、兄貴の指示で適当な用件を引っ提げて来たに違いない。

その後もそうだ。梨枝子がいつの間にか隠し持っていたスマホも寺前が用意して屋敷のどこかに仕込んだんだろう。

そのスマホで兄貴は梨枝子と連絡を取り、梨枝子を動揺させてあの女の写真をばら撒《ま》く現場に遭遇するよう誘導した。

加えて梨枝子が兄貴に攫われた時も、おそらく情報は梨枝子から漏れたんだろうな。

親父のところに匿う話だ、一応俺と兄貴は兄弟で、親父のところに行くことについて話しても特に問題ないと思ったんだろう。

移動中に梨枝子が攫われたと聞いたとき、真っ先に兄貴に電話をしたが着信を拒否された挙句、一枚の写真……梨枝子が両手を縛られて車のシートで横わたっている写真が送られてきたときは本気で殺意を覚えた。

「あの野郎、ぶっ殺してやる」

とにかく、奪われたものは取り返さなければならない。

今回兄貴は前の誘拐とはやり方を変えてくるだろう。

少数精鋭の最低限の動きで梨枝子を安全な場所に隠しておき、その間に俺が失脚するような何かを仕掛けてくるはずだ。

案の定、兄貴はそのタイミングで梶切組の連中に俺が組長の孫娘、梶島清華を消したんだと唆《そそのか》し、梨枝子の捜索をしていた俺たちの邪魔をしてきた。

屋敷への直接的な攻撃もエスカレートし、倉庫がひとつ完全に燃えた。梨枝子を本家の方に送るという判断自体は正しかったのかもしれない。

そんな妨害や迷惑行為を受けながらも、梨枝子を探すために俺はまず兄貴の持つ不動産を調べ上げた。

自分のところに匿うようなことはしないだろう。万が一梨枝子が巻き込まれる可能性があるからだ。だからどこか適当な家かマンションの一室で梨枝子を監禁しているはずだ。

怪しいアパートやマンションは調べて現場に部下も向かわせたが、すべてが外れだった。

「くそっ！」

悠長に全て調査している場合ではなかった。梨枝子の身に何かが起こってからでは遅い。

そんな中で、いくつかの気になる物件を見つけた。一か所目は繁華街の地下にある潰れたバー、二か所目は山奥にある借金の片に兄貴が手に入れたロッジ。三か所目は地方の廃ビル。ほかにも数か所、どれもつい最近手入れのために業者が入った物件だ。

しかしこれらの物件はここからかなり離れた場所にあるものもあり、全て回り調べるには時間がかかりすぎる。

梨枝子の誘拐の対応以外にも嫌がらせ行為への対応で人員が割かれていて、人員は不足している。本家の親父に協力を依頼することも考えたが、梨枝子に関しては助力は乞えないだろう。反対されているわけではない。むしろ親父にとっても梨枝子の印象は悪くないはずだが、自分の女のことを自力で解決できずに何が「結婚する」だと、試されるに決まっている。

しかし悩んでいる時間はない。

梨枝子の誘拐とは別の件について人員を借りるための交渉を……いや、誘拐も嫌がらせも、悠長に構えていられる問題ではない。

屋敷の卓の上に座り頭を掻きながら思案していた時だった。

「失礼します」

入ってきたのは江口だった。普段はなぜか比較的コウがなついているから散歩当番のように思われているが、実力は確かで頭も回る。今は別の部下と二人一組で兄貴の尾行や調査を任せていたはずだ。

「どうして手前ぇがここにいんだよ」

尾行を撒《ま》かれたか。そんな報告なら電話一本で事足りる。

「これを……」

江口は懐からビニール袋で包んだ小さな紙片を取り出して俺に渡した。

「条元の組長が帰りに立ち寄ったSAで捨てていったゴミですが、その中にこれが……」

「なんだ？　何かのメモか……？」

俺はその紙切れを受け取って広げる。小さなメモ用紙に細い線で書かれた文字は、梨枝子のものだった。

『上条さん
せっかくよくしてくださっていたのに、伝えられる内容がこれだけでごめんなさい。
記憶はまだ戻りません。忘れてしまってごめんなさい。
こんな私が上条さんのためにできることはありません。
私のことはわすれてください。これまでありがとうございました』

梨枝子から俺に宛てて書かれた短い手紙だった。内容は、相変わらず俺から離れようとするものだが……違和感があった。

この状況でどうしてこんな内容の手紙を書くんだ。

書かされた、と考える方が妥当だろうが、それにしては内容がお粗末だ。

それに、命令して書かせたのなら捨てるのはおかしい。ということは、梨枝子が自分の意志で書いたものということになる。

目に留まったのは忘れるという文字。前に書いてある方は漢字で、次は平仮名だ。間違えたのか、だとしても平仮名で書かれた『わすれて』にはわざわざ書き直したような跡があった。それで直さなかったということは、わざわざ平仮名で書いている。

書き直したような個所は他にもあった。上から並べると『さくらわすれ』となっている。

無意味な文字列とは思えなかった。これが本当に梨枝子が伝えたかったものなのかもしれない。

俺は今回選別した物件の位置を確認して、梨枝子からのメッセージ『さくらわすれ』とやらを調べる。

……当たりだ。

選別した物件のうち、山奥にあるロッジ。

そのロッジから山道を下って市街に出てすぐのところに『サクワラスレ』という名前の料理屋があった。テイクアウトも取り扱っているらしい。

監禁されているはずの梨枝子がこの店を知っているのは、この店のものが食事として出されているからではないか。

そこからはすぐに動いた。部下を件の店に向かわせて、そこに寺前が何度か料理を受け取りに来ていたという店員からの証言を得た。

間違いない。ここに梨枝子は捕らわれている。

あとは兄貴に俺が梨枝子の監禁場所に気づいたと勘付かれて先手を打たれる前に、梨枝子のところに行って助け出す。

誰が寺前のように兄貴と繋がっているかわからない上に人員も不足している。最低限信用できるやつを……

その時、何かが廊下側の襖《ふすま》をガリガリと引っ掻く音がした。襖《ふすま》を開けると、黒い犬が俺を真っ直ぐに見上げていた。

「お前も行ってくれるか、コウ」

そう言って頭の上に手をやるとコウは同意するように尻尾を振り、短く吠えた。

そうして救い出した梨枝子の表情は、俺がよく知る女のものに戻っていた。

番外編　威弦

どこにでもいる、大人しい女。

それが彼女、小山梨枝子の第一印象だった。

あの志弦が気に入っている女だと言うから気になって調べさせてみれば、何とも普通の女で拍子抜けした。

どうせ気まぐれか単に普通の女が珍しかっただけで、そのうち飽きて捨てるだろうとその時は何とも思っていなかった。

彼女が志弦を庇《かば》って撃たれたと聞くまでは。

庇《かば》う？　あの弟を？

部下ならまだしも、ただの志弦のお気に入りというだけの女が損得勘定無しに凶弾の前に身を晒すなんて。

逃げるのではなく、庇《かば》った。それも反射的に。

それほどまでに志弦は想われているということか。

お前は、俺と同じじゃなかったのか。

志弦を羨《うらや》んだことは悔しいが何度もある。何をさせても自分より優秀な弟。兄と弟だからと比較され続け、その度に敗北感に打ちのめされてきた。

だが、これほどの虚しさを感じたことは初めてだ。

俺と志弦は能力の差はあれど、同じ家、同じ環境、組織の元に生まれた以上は同じ道を歩むものだと思っていた。実際、俺たちはそれぞれの組の繁栄と存続のために尽くしてきた。己の人生の全てを捧げるものだと。

そこに愛だの恋だの、非合理的な感情が入り込む余地などない。

そんな曖昧なものは不要だと思い込んでいた。

だというのに今の志弦はすっかりそれに溺れている。

いったい彼女の何が志弦を変えたのか。

そして彼女は。

望めば何でも手に入るはずの志弦が、まだ手に入れていない女。

それを横から掠《かす》め取れば、俺は志弦がどれだけ望んでも得られなかったもの、その愛すらも得られるのだろうか。

誰かに愛されたいなどという感情を自分が持っていることにも驚いたが、そう感じるということはつまり、俺は誰にも愛されていないのだと気付いて、初めて己を惨めだと思った。

だから最初は、俺にそんな感情を抱かせた梨枝子さんを恨み、貶《おとし》めようとしていた。

そのために彼女の働く喫茶店を訪れて接触した。

用心深い志弦が梨枝子さんをひとりで働かせるわけがないので、俺の部下である寺前や、俺の息がかかった他の構成員が監視についている時を見計らう。

志弦から彼女を奪い、徹底的に蹂躙《じゅうりん》し、二人に屈辱を味わせる。

そのために彼女のことを再度調べさせたが、どこまで調べてもごく普通の女。

そんな女がなぜ志弦を庇《かば》うまでに至ったのか。

それが知りたかった。

客のふりをして喫茶店に通い何度か言葉を交わしたが、やはりただの客である以上、大きな進展は望めなかった。

だから正体を明かす事にした。

「え、まさかお兄さんだとは……」

梨枝子さんは驚いていたもののどこか納得した様子で、俺の顔を見ていた。

あまり認めたくはないが、俺の顔の系統は志弦と同じらしい。血が繋がっているので当然と言えば当然だが。

しかし兄と聞いて少し警戒が解けたのか、梨枝子さんはぽつぽつとその心境を吐露してくれた。

話によると、やはり彼女は志弦の求婚を断り続けているらしい。

当然だ。俺たちのような極道の人間とは無縁だったはずの彼女が、そう易々と求婚を受け入れるはずがない。

だが志弦はしつこい。そして傲慢《ごうまん》だ。

いつかは彼女が折れると高を括《くく》っている。折れなくても彼女を屋敷の地下にでも監禁して無理矢理自分のものにするくらい造作も無い。

俺も志弦と同じ立場なら、同じことをするだろう。

なら俺は、それを壊すだけだ。

「恋人のふりをしましょう。梨枝子さんの幸せを本気で願うなら、認めなければならないはずですから」

俺の方は見合いを勧められて困っている……という体で、俺は梨枝子さんに話を持ちかけた。恋人のふりをする。その上、相手が俺となれば志弦は間違いなく怒り狂うだろう。

それで梨枝子さんを手放すなら、志弦の梨枝子さんへの想いはその程度だったということだ。梨枝子さんは俺が貰う。

それでもなお梨枝子さんに執着するのなら、俺が彼女を救い出せばいい。梨枝子さんは志弦と結婚したくないのだから、俺と結婚して幸せにしてあげよう。

どちらに転ぼうが、梨枝子さんを手に入れるのは俺だ。志弦じゃない。

志弦が選ばれる事はない。

そのためにも「付き合っている」という証拠が必要だと言い包めて写真を撮影したが、ここで志弦に勘付かれたようだ。

翌日から梨枝子さんは喫茶店を休んだ。情報によると屋敷に幽閉されているらしい。

そこで彼女がどんな目に遭っているかは、想像に難くない。

可哀想に。だがこれで梨枝子さんは俺に助けを求めてくるだろう。その時に手を差し伸べればいい。

梨枝子さんもわかっているはずだ。頼ることのできる人間は俺くらいしかいない。

志弦の留守を見計らって屋敷を訪れると、志弦の部下たちの反対を押し退けて梨枝子さんが出てきてくれる。

久しぶりに会った梨枝子さんはどこか疲れて見えた。

「大丈夫？　志弦に酷いことされたんじゃないの？」

細い首筋に赤い噛み跡が見える。よくよく見ると肩と手首にも薄ら浮かび上がっていた。

何かと報告は受けているが、志弦にも余裕が無いのだろう。敢《あ》えて見せつけるような位置に跡を残し、牽制している。

梨枝子さんも大変だな。こんな独占欲の強い男に捕まって。

この様子なら少し揺さぶれば俺の望む言葉が出てくるだろう。

たったひと言、「助けてほしい」と言ってくれれば、俺はそれに全力で応える。梨枝子さんの意思を尊重するだけだ。

……そのはずだった。

なのに梨枝子さんは静かに首を横に振るばかりで、俺に助けを求める素振りを見せなかった。

「どうして？　梨枝子さん、別にあなたの気持ちが俺に向いていなくたっていい。俺はただ助け出したいだけだよ」

「いいんです。もう決めました」

「決める？　志弦に無理矢理決められたようなものだよね。梨枝子さんの意志を尊重しないと」

「私は……志弦さんが好きですから」

恥ずかしげに笑う彼女は、いつの間にか弟の事を『志弦』と呼ぶようになっていた。

おかしい、おかしい、なぜだ。なぜ、梨枝子さんは志弦を選ぼうとしているんだ。

『志弦が好き』だと？　どうして、志弦が誰かに好かれるなんてあり得ない。

言わされているに違いない、そう思ったが梨枝子さんは何かが吹っ切れたような穏やかな表情を浮かべていた。

「ご迷惑をおかけしてすみませんでした」

そう言って梨枝子さんはゆっくりと頭を下げる。

俺はもう、必要無いということか。

自然と手に力が入り、手のひらに爪が食い込んだ。

いつもこうだ。

志弦ばかり必要とされて、俺は傍に追いやられる。

親父も梨枝子さんも、最初は俺を必要としていたくせに。

「あなたも俺を否定するのか」

普段なら絶対に表に出る事のない言葉が口を突く。

なぜか止める事ができなかった。

梨枝子さんの前だからなのか、俺の中でこれまでの鬱屈とした感情が積み重なってきていたのか。

「志弦さえいなければ、俺は必要とされていたはずだ。あいつの方が優秀だから、いつも二番手にされる」

俺は兄のはずなのに、後から出てきた弟に全てを奪われている。弟に勝ったと思えた事など何もない。

女ひとり、自分のものにできなかった。

たまには俺が勝ったっていいだろう。勝たせてほしい。

しかしこの思いは、他でもない梨枝子さんに否定された。

「威弦さんは威弦さんです。勝ち負けとか、そんなの……志弦さんに勝つために生まれてきたわけでも、ましてや負けるために生まれてきたなんて誰が決めるんですか」

そう言った梨枝子さんの目は、真っ直ぐに俺を見ていた。

俺を通して志弦を見ているわけでも、条元、上条の家を見ているわけでもない。俺を、条元威弦を見ている目だ。

胸の奥がざわついて思わず目を逸らす。

他人の評価なんてくだらないと思っていた。

けれど、それを一番気にしているのは俺自身なのだと、見透かされたような気分になる。

心臓が強く脈打って、耳元で鼓動が煩く鳴っていた。

生まれて初めてだろう。弟の事を知りながら、弟越しではなく俺という存在を見てもらえたのは。

例えようもない喜びと戸惑い、そして充足感が胸を満たす。

これが、好きになるという事か。

志弦が執着するはずだ。

俺も欲しい。

どうすれば手に入る？　梨枝子さんだけ手に入ればそれでいい。

だが、敵があまりにも厄介だ。

今ここで無理矢理にでも連れ帰りたいが、俺一人では志弦の部下たちに止められて終わりだろう。

仕方ないが出直すか。

幸い、手段なら浮かんだ。ちょうどいい駒がいる。

◆

梶島清華。

志弦の幼馴染で今はヨーロッパに留学しているはずだが、梨枝子さんの事を知らせれば飛んで来るだろう。

帰国したら志弦と結婚するのだと息巻いていたからな。

そしてどうやら噂程度には伝わっていたらしく、俺が帰国の手筈を整えるとすぐに日本に戻ってきた。

「あり得ない。志弦さんが私以外の女に本気になるなんて」

どこからその自信が湧いて来るのかさっぱりわからないが、清華はそう言ってあっさりと俺の考えに乗った。

梨枝子さんと志弦の仲を裂きたい一心なんだろう。

清華は計画のために梶切組の組員たちも揃《そろ》えていた。

この女の場合はそこそこ下心もあるはずだが、それでも仲を裂きたいと思われるほどに好かれている志弦が、再び羨《うらや》ましくなった。

清華との利害は完全に一致していた。

そして計画は順調に進み、梨枝子さんを攫《さら》うことには成功した。

あとは邪魔な清華を消して、その罪を志弦に擦りつけるだけのはずだったが……思いの外、清華が抵抗した。

差し向けた刺客と相打ちになり、重傷を負いながらも監禁場所から逃げ出した。

誰かに見つかって、事実を話されてしまっては困る。

探し出した時には清華は瀕死の状態で、その間に梨枝子さんは志弦に助けられていた。

失敗した以上は下手に動く事はできず、俺は清華を知り合いが経営している病院に隠し、別の手を考える事にした。

あの混乱の中でどこまで清華が喋ったのか分からない。しばらく様子見かと思っていたが、まさか梨枝子さんが記憶を失うとは思わなかった。

寺前からの報告を聞いた時は半分信じていなかった。

しかし実際に会ってみると、確かに梨枝子さんは記憶喪失になっていた。

俺が志弦の兄だと知った時の反応が全く同じだったからだ。懐かしささえ覚えるその仕草に、俺は別の期待を得た。

このまま記憶が戻らなければ、梨枝子さんは完全に俺のものになってくれるのではないか。

それに何も覚えていないのであれば、あの計画について梨枝子さんの口から事実が漏れる事もない。

問題は志弦だ。

監禁に記憶喪失ともなれば、元々厳しかった梨枝子さんへの監視は強まるだろう。加えて梨枝子さんは喫茶店に行くために屋敷を抜け出したばかりだ。

しばらく屋敷を出るタイミングはない。今の状況で俺が顔を出すのは無理だろう。

それならば、梨枝子さん自身に出てきてもらうしかない。

弟の考える事はいつも優秀だ。それ故にわかりやすい事もある。最終的には梨枝子さんを守るため、親父のところに預けようと考えるだろう。

梨枝子さんの身に危険が及ぶとなれば、早々にその決断をするはずだ。

屋敷に留めておいても無駄だと理解させよう。

そのためには、内側から突くのが一番効率がいい。

幸い、内部への連絡手段は色々ある。

何かに使えそうな捨て駒も、少し前に手に入れていたからな。

梨枝子さんの元彼氏だとかいう男。佐々木雄吾を拾ったのは、手元に置いておけば何かの役に立つかもしれないと思ったからだ。

大学を卒業した後の就職先は決まっていたが、志弦が裏から手を回して無かった事にされ、その後も不採用続きで路頭に迷っていたらしい。働き手を探していると伝えると雇用契約書もろくに確認する事なく判を捺していた。

どうしてこんな男と梨枝子さんは付き合っていたんだか。まあ、捨て駒としては最適だ。

梨枝子さんのところに置いておいたスマホに彼の電話番号を登録しておいたのも、万が一スマホが見つかっても、この男の存在が時間稼ぎになるからだ。梨枝子さんが番号を覚えていても不思議ではない。そして志弦に恨まれている。

まあ、それ以上の役には立たなかったが。

梨枝子さんを手に入れたら用済みだ。売るなり捨てるなりしてしまおう。梨枝子さんに直接会わせたくはないからな。

そうして餌を撒《ま》くと、梨枝子さんは引っかかってくれた。

電話がかかってきた時には思わず心の中で両手を上げて喜んだほどだ。

あとは事実と嘘を織り交ぜて記憶に揺さぶりをかければ、今の状態の梨枝子さんなら志弦への不信感が高まるはずだ。

正直なところ、揺さぶりをかけることに不安はあったが、それくらいのリスクを負わなければ欲しいものは得られないのだろう。

しかし、梨枝子さんが思い出さないよう事実を隠し続ける志弦の様子は実に健気だ。弟にしては悪手だと思ったが。

まあその他に頭の痛い事象も多いからだろう。

屋敷への嫌がらせは俺が指示をしたり、焚き付けたものだ。混乱に乗じて条堂組を刺激して、志弦の目をそちらに向けさせる。

志弦の目が光っていてはやりづらい事も多々あるらしい。嫌がらせの実行犯には困らなかった。それでも組が分裂していないのは、さすがの手腕と言うべきか。

とはいえ、やはり梨枝子さんの方にまで気は回らなかったらしい。親父のところに送るという判断が出るまで時間はかからなかった。

確かに親父のところなら安全だろう。俺でも手が出せなくなる。

だが、安全な場所には移動させなければならない。そこが一番脆《もろ》く、奪い取るには最適な瞬間だ。

そしてその日は、何もかもが上手くいった。俺と梨枝子さんの門出を神が祝福してくれている、そう思ったほどに。

何かの役に立つかもしれないといくつか拠点を持っておいてよかった。山奥にあるロッジは梨枝子さんを隠しておくのに、そしてしばらく一緒に過ごすのにもちょうどいい。

俺の膝に頭を乗せて横たわる梨枝子さんの柔らかい髪を撫でながら、これから訪れるはずの幸せな日々を思わずにはいられなかった。

「俺と幸せになろう、梨枝子さん」